하고 싶은 대로 살아도
인생 망하기가 더 어렵다!!

우리는 정해진 대로
살지 않기로 했다

우리는 정해진 대로 살지 않기로 했다

자기 주도 선택이 가져오는
일상의 기쁨과 행복

지호호 지음

whale books

나만의 방식으로
내 삶을 기획하자

나는 작은 세상에서 자란 사람이다. 처음부터 자신에게 주어진 세상이 크고 넓었던 사람은 절대 알 수 없을 것이다. 나의 작았던 세상이 확장되어가는 경험들이 얼마나 신기하고 새로운지.

내 주변의 모든 것들이 저절로 이루어진 게 아니라는 것. 노력이나 희생 없이 알아서 갖추어진 게 아니라는 것.

이런 소중한 깨달음을 나는 내가 던져진 작은 세상에서 배웠다.

나는 삶이라는 여정을 자기 주도적으로 계획하고 여행하는 걸 무척 좋아한다. 그럼에도 불구하고 때때로 선뜻 새로운 길을 나서기 어려운 순간이 있다. 적극적인 성향을 지닌 나조차 그럴진대 자신이 서 있는 자리에서 한 발자국을 옮기는 것조차 어려운 분들도 있으리라고 생각한다. 어떤 행동들은 커다란 용기가 있어야만 선택할 수 있는 것이라고 믿는 누군가들에게 새로운 시선으로 세상을 바라보는 방법을 들려드리고 싶었다. 그런 의미에서 이 책이 이야기하고자 하는 인생이 멀게만 느껴졌던 분들에게, 남 이야기처럼 느껴졌던 분들에게 내 삶이 인생을 조금 더 주체적으로 끌어가는 연습의 표본이 되기를 바란다.

'나는 이렇게까지 해봤어' 하고 잘난 척하면서 인생을 잘 사는 방법을 알려주겠단 마음으로 이 책을 쓴 것은 절대 아니다. 내 삶의 지난 여정을 되돌아보며 원고를 쓰는 동안 '인생을 한층 더 주도적으로 살 수 있는 방법은 무엇일까' 고민했다. 이 책은 내 삶의 주도권을 내 손에 쥐고 나만의 방식으로 인생을 기획하는 법을 독자 분들과 함께 찾아나간다는 마음으로 썼다. 내 인생도 아직까지 미완성이니까. 이 책을 읽고 독자 분들이 그동안의 인생을 뒤돌아보고 앞으로의 삶을 꿈꾸면서 설렐 수 있다면 저자로서 그보다 더한 행복은 없을 것 같다.

* * *

　나는 늘 마음속으로 '나는 남들과는 다르다', '나는 나라는 존재인 것만으로도 특별하다' 생각하며 살아왔다. 하지만 나이가 들어가면서 보고 듣고 배우는 것들이 많아질수록 스스로 제대로 할 줄 아는 게 있는지 헷갈릴 지경이다. 이제 나는 '누구 하나 특별하지 않은 사람은 없다', '모든 사람의 내면에는 자기만의 내재된 힘이 있다'라고 여긴다. 나만의 빛을 인정하되 다른 사람의 개성도 인정하는 마음을 갖게 되며 나이를 먹어간다. 한 번뿐인 인생, 잘사는 법은 무척 명확하고 간단하다.

　오늘 하루, 내가 선택한 일들에 최선을 다하기.
　그래서 후회 없는 하루를 살기.

　이쯤에서 누군가는 이런 질문을 던질지도 모른다.

　"인생을 선택하며 사는 게 중요하단 건 알겠어요. 그런데 내 안의 특별함을 어떻게 찾죠?"

　내 경험에 따르면, 자신의 특별함을 알아채는 가장 쉬운 방법은 '실행'이다. 내 마음이 기우는 방향으로 주저하지 않고 한 발을 내딛는 것. 그뿐이다. 그 한 걸음이 두 걸음이 되고, 두 걸음이 세 걸음이 되다 보면 어느새 나만의 길을 걷고 있는 자신을 발견하게 될 테니까. 내 마음의 소리를 따라 딱 한 걸음만 용기 내어 내딛으면 새로운 이야기가 펼쳐진다.

그러니 나는 평범하다고, 내 삶엔 앞으로도 큰 변화는 없을 거라고 스스로를 미리 정의하지 말기를. 내가 가진 가능성을 나부터 믿고 그것에 높은 가치를 매겨줘야만 다른 사람들도 나를 그렇게 바라본다. 늘 전투적인 자세로 살라는 말은 아니다. 늘 온몸에 힘을 꽉 쥔 채로 살면 길을 다 걷기도 전에 방전되어버릴 테니까. 삶에 대한 호기심과 자기 안의 가능성을 탐구하는 마음으로 기분 좋게 한 걸음을 내딛을 만큼의 에너지. 그것만으로도 삶에 변화를 일으키기는 충분하다.

인생의 끝자락에서 사람들은 어떤 일을 '한 것'을 후회하기보다 '하지 않은 것'을 후회한다고 한다. 나는 인생이 선택의 연속이라고 생각한다. 내가 오늘 어떤 선택을 하느냐에 따라 앞으로의 시간이 지금까지와는 다르게 펼쳐질 것이다. 그 선택이 누군가의 목소리를 따른 것이 아니라 온전히 내 안의 목소리를 따른 것이라면 그 결과물은 더없이 달콤할 것이다. 무엇이든 될 수 있고 어디로든 갈 수 있는 당신 안의 가능성을 깨우는 선택을 시작해보자.

당신의 새로운 발자국을 응원하며, 지호호

PART
2

어동이네가 생각하는
가족의 의미

PART

3

무엇이든 될 수 있고, 어디로든 갈 수 있다

PART 1.

지금 원하는 곳에
살고 있나요?

"우리는 정해진 대로 살지 않기로 했다.
남들이 좋다고 생각하는 집의 모습도
그저 수많은 기준들 중 하나일 뿐이다.
우리의 라이프 스타일에 맞춰
단점은 보완하고 장점은 넘치도록 고친다면
우리에게 꼭 맞는 집이 될 것 같았다."

무엇이 되어도 상관없는 사람,
어디에 있어도 살아내는 사람

"와, 이렇게 자기 삶에 맞춰 집을 개조할 수 있었다니!"
"어떻게 살아야 할지에 대한 엄청난 인사이트를 얻고 갑니다."
"어동이네 유튜브 영상을 보면서 이렇게 재미있게 살 수도 있구나 싶습니다."

이제는 구독자 17만여 명의 어엿한 유튜브 크리에이터로서 나와 나의 반려자 모리, 그리고 반려동물들과의 유쾌하고 따뜻한 일상을 공개하며 많은 분들과 소통하고 있지만, 사실 내 젊은 시절은 지금보다 조금 어둡고 혼란스러운 무채색에 가까웠다.

흔히 청춘은 방황의 시절이라고들 한다. 나 역시 10대,

20대 시절엔 마음의 갈피를 잡지 못하는 시간의 연속이었다. 하지만 나의 청춘은 꿈을 위해 방황하는 시간이었다기보다 생존을 위한 고군분투에 가까웠다. 언젠가 연예인 이효리가 방송에서 이런 말을 한 것을 듣게 됐다.

"20대에는 원래 돈이 모이지 않아. 그게 당연해. 그래도 그 시간을 최선을 다해 미친 듯이 살아야 30대 이후부터 돈이 따라오더라."

우연히 채널을 돌리다 듣게 된 이 말이 내게는 무척 인상적이었다. 20대의 나는 도태되지 않기 위해서 무엇이든 최선을 다해야 하는 삶을 살았다. 그 시절보다는 어느 정도 안정적으로 삶을 꾸리게 된 30대의 나는 그때의 내가 늘 안쓰럽기만 했다. 그런데 이효리의 그 말이 꿈을 좇을 겨를 없이 바빴던 나의 지난 세월을 부드럽게 쓰다듬어줬다.

나는 지방 국립대에서 서양화를 전공한 미술학도였다. 예술고등학교 테크를 타고 예대에 진학한 학생들이 전부 그런 것은 아니지만, 아무래도 내 주변에는 물질적으로 풍요로운 친구들이 많은 편이었다. 하지만 나는 그 친구들과 사정이 달랐다. 타지에서 막노동을 하던 아빠가 생활비를 보내주시긴 했지만 예술 전공을 유지하기에는 넉넉지 않았다. 학비와 생활비를 내 힘으로 어느 정도는 충당해야 했기에 학생 시절부터 일의 종류를 가리지 않고 무엇이든 주어지는 대로 책임지고 소화해내야 했다. 매일 아르바이트와 학업의 쳇바퀴를 돌리다 보면 하루가 어떻게 지나가는 줄도 모르기 일쑤였다. '내 삶은 왜 이렇게 고단하지?' 하고 곱씹으며 자기연민에 빠질 틈조차도 없었다.

친구들이 캠퍼스의 밤거리에서 축제며, 동아리 활동 등으로 청춘을 보낼 때 나는 장녀로서 내 삶을 스스로 책임져야 하는 무게감을 인지하고 있었기 때문에 내가 선택한 일들을 해내기 위해 부단히 애를 썼다. 때로는 돈을 벌기 위해 내 능력 이상의 일거리를 겁도 없이 하겠다고 받아오기도 했다. 그러고 나서는 내가 받는 돈에 상응하는 결과를 내기 위해, 그러니까 나의 '쓸모 있음'을 확인받기 위해 밤낮으로 레퍼런스 자료를 찾고 공부를 하는 시간이 이어졌다. 그 과정에서 나의 생활력 지수, 아니 생존 지수는 점점 자동으로 레벨 업이 되었을 것이다.

경제적 풍요의 여부를 떠나 누구나 살면서 어려운 문제들을 직면한다. 그렇게 걱정에 물들고, 두려움에 물들고, 고통과 근심에 물든다. 나는 그럴 때마다 도망치듯 일에 파묻히곤 했다. 내가 해야 하는 일을 놀이라고 생각하고 거기에 몰두하다 보면 오히려 걱정 근심이 사라지면서 마음이 더 평온해졌다. 누군가는 그런 나를 보고 배움에 대한 열정이 대단한 사람이라고 평가했을지도 모를 일이다. 하지만 그때의 나는 그저 살기 위해 '못하는 일이 있어서는 안 되는 사람'이어야 했다.

하지만 생존을 위해 분투하던 그 시간들은 나에게 생각지 못한 큰 선물을 남겨줬다. 자의 반 타의 반으로 다양한 경험들을 닥치는 대로 하다 보니 나의 세상이 점차 풍부해진 것이다. 어느 순간에 이르자 나는 이제 내가 할 수 없다고 여겨지는 일들도 착착 처리해내는 그런 사람이 되어 있었다. 어느덧 나는 내가 가진 판을 언제든지 두려움 없이 뒤집어엎을 수 있는 사람으로 성장해 있었다. 전공을 바꾸는 일, 회사에 사표를 내는 일, 지방 생활을 청산하고 하루아침에 아무 연고도 없는 서울로 상경하기로 결정한 일 등 일상의 근본을 흔들어버리는 결정들이 내게는 너무도 쉬웠다. 자신을 어떤 환경에 내던져놓아도, 내가 가진 힘으로 충분히 살아낼 수 있다는 확신 덕분에 나는 '무엇이 되어도 상관없는 사람', '어디에 있어도 살아내는 사람'으로 성장했다.

고난은 우리를 연마시킨다. 고난은 나 자신을 가장 세밀하게 관찰할 수 있는 기회이기도 하다. 내가 어떻게 그 굴곡을 빠져나오는지 지켜볼 수 있기 때문이다. 우리는 그런 굴곡의 언덕들을 넘으며 인생의 좋은 해답을 얻을 수 있다. 그렇게 나만의 해답을 하나둘 쌓다 보면 어지간한 힘든 상황도 이겨낼 수 있는 자신을 만나게 된다.

'어동이네 라이프'가 세상과의 소통을 시작한 것은 4년여 전이지만, 그것의 토대와 추진력이 될 시간들은 이미 나의 10대, 20대 시절부터 만들어지고 있었던 것이다. 그래서 나는 고난을 좋아한다.

컨테이너 집을 포기하고
얻은 귀한 인연

　　누구에게나 인생의 터닝 포인트라고 부를 만한 시점이 있을 것이다. 내게는 박서보 학장님과의 인연이 그랬다. 홍익대학교 명예교수이시자 세계적으로 단색화의 거장으로 불리는 그 박서보 학장님이 맞다. 대학생 시절에는 닥치는 대로 아르바이트를 하며 4년의 시간을 생존하는 데만 몰두했다. 하지만 경제적으로 곤궁했을지언정 학생이라는 신분은 꽤 믿음직한 보호막이기도 했다. 그런데 스물다섯 살, 졸업을 앞둔 시점이 되자 앞으로 어떻게 살아야 할지에 대해 더욱 구체적이고 깊게 고민해야 했다. 이내 머릿속에서는 나의 욕망을 실현할 수 있으면서도 현실적으로 가능한 방법들에 대한 모색이 이어졌다. 조금은 독특한 나만의 방식으로.

(1) '나름 명색이 미대 졸업생인데 전공도 살리지 못하고 사회에 물드는 게 왠지 자존심 상해. 그림은 계속 그리고 싶어. 그런데 지금 사는 집은 월세나 유지비 등 돈이 많이 들어갈 것 같아' → (2) '그러면 그림을 그리면서 살 수 있되 돈이 덜 드는 환경으로 가면 되지 않을까?' → (3) '아! 산속에 들어가 살면 돈이 덜 들 것 같은데!' → (4) '대충 컨테이너 정도면 충분할 것 같다. 고민 해결!'

이따구의 단순하기 짝이 없는 발상으로 생각 정리를 마친 나는 먼 친척 어른이 가지고 계셨던 대둔산 어귀의 땅을 빌려 1년만 써보기로 했다. 화실이 되어줄 컨테이너도 그동안 모아둔 돈으로 계약했다(무려 250만 원!). 9평이 채 되지 않는 단출한 컨테이너 집이지만 답답하게 살고 싶지는 않아서 원하는 방향으로 커다랗게 통창도 뚫었다. 맞춤 컨테이너를 주문한 뒤에는 포클레인 기사님께 연락을 드려서 컨테이너 놓을 땅을 일궈달라고 의뢰했다. 원래 컨테이너를 맨땅 위에 놓으려면 땅을 솎아놓고 다져야 한다. 하지만 특유의 추진력과 하루빨리 나의 새 터전을 마련해야겠다는 허무맹랑한 마음이 합쳐져 대둔산 어귀의 흙 자리를 뒤집어놓기까지는 겨우 일주일밖에 걸리지 않았다.

모든 게 일사천리로 진행되던 와중에 문득 대학을 졸업

하자마자 산에 들어가 살 생각을 하니 마지막으로 내 행색에 미안해졌다. 한창 꾸밀 나이인 20대에 산에 컨테이너 집을 마련한다고 한바탕 난리를 치며 산사람이 되려니 새삼 내 젊음에 죄책감이 느껴진 걸까? '긴 머리라도 좀 정리하고 예쁘게 단장하고 산으로 가야지' 싶었다. 지금 생각해보면 또라이가 따로 없었다. 그런 생각으로 들어간 한 미용실에서 내가 세운 모든 계획이 뒤바뀔 줄은 그때만 해도 상상하지 못했다.

미용실에 들어가니 직원 한 명이 내게 기다리는 동안 읽으라며 잡지를 하나 건네주었다. 심드렁하게 몇 페이지를 넘기던 그때 하얀 눈이 내리는 배경을 뒤로하고 초연하게 서 있는 할아버지 한 분의 모습에 시선을 사로잡히고 말았다. 일평생 단색화 그리기 하나에만 집중해왔다는 기사를 읽고 나서 그분의 사진을 한참 들여다보며 나도 모르게 중얼거렸다.

"이분을 한번 만나야겠다."

홍익대학교에 미술대학을 만든 초대 학장님, 국제적인 갤러리들의 워너비 작가, 교과서에도 나오는 단색화의 거장 등 박서보 학장님을 칭하는 모든 압도적 표현들이 내게는 중요하지 않았다. 그분이 지닌 권위에 짓눌렸다면 만나보고 싶다는 마음이 들었을지언정 실제로 만나 뵈러 갈 엄두도 내지 못했을 것이다. 하지만 한 분야에 일평생 매진한 분의 말씀을 한 자락이라도 듣고 나면 앞으로 내 삶에 커다란 힌트가 되어

줄 것만 같았다. '선구자는 어떤 마인드로 삶을 사는 걸까?' 그 순간만큼은 오직 그것이 중요하고 너무 궁금했다. 나는 미용실 직원에게 양해를 구하고 박서보 학장님의 사진과 이야기가 실린 페이지를 죽 찢어냈다.

당시 대전에 살았던 나는 그 길로 미용실을 나와 대전역으로 가서 서울로 가는 기차표를 바로 끊었다. 하지만 학장님을 만나기는 쉽지 않았다. 잡지에 적혀 있던 연구실 주소가 틀렸던 것이다. 나는 연구실에 대뜸 전화를 걸어 학장님을 잠시 뵐 수 있는지 물어봤다. 수화기 반대편에서 걸걸한 할아버지의 목소리가 꽥 튀어나왔다.

"바빠 죽겠는데 웬 놈이 전화를 한 거야. 거기가 아니라 성산동이다!"

단말마의 호통을 끝으로 전화가 거칠게 끊어졌다. 호랑이 같은 목소리에 등골이 서늘해졌지만 여기서 물러설 순 없었다. 오늘 이분을 안 만나고 돌아간다면 대둔산 숲속의 컨테이너에서 두고두고 후회할 것 같았다. '도대체 뭐라고 하면 나를 만나주시려나.' 나는 성산동으로 다시 발길을 돌렸다.

서울시 마포구 성산동에 위치한 서보파운데이션 연구소에 도착해서야 대문 앞에서 잠시 머뭇거리게 됐다. 검정색 건물의 대문이 유독 차갑게 날 밀어내는 것 같았다. 하지만 용기를 내어 초인종을 눌렀다. 이내 젊은 직원의 목소리가 들렸다.

"누구세요?"

"아, 저는 학생인데요. 박서보 학장님을 꼭 좀 뵙고 싶어서 찾아왔습니다."

대학교 학장이셨고, 교수로도 재직했던 분이시니 후학들을 모른 척하진 않으시겠지 싶어서 졸업식을 마친 지 한참 전인데도 학생이라고 크게 말했다. 하지만 한동안 인터폰 너머에서는 아무런 소리도 들리지 않았다. 아마도 이런 경우가 없었기 때문에 적잖이 당황한 직원이 학장님께 보고를 드리고 있는 게 틀림없었을 것이다. 그렇게 아무 소리도 들리지 않던 인터폰을 쏘아보며 한참을 문 앞에서 기다렸는데 덜컥 문이 열렸다. 그렇게 한나절 만에 대전에서 서울로 날아와 한국 화단의 거장을 만나게 됐다.

'도깨비 같은 놈'을 제자로 맞아주신 박서보 학장님

건물로 들어선 나를 보며 젊은 여자 직원은 손에 묻은 물감을 쓱쓱 닦으며 정말로 이해할 수 없다는 표정을 지었다. 하지만 나는 내가 선택한 일에 대해서는 직진하는 편이라 남이 나를 어떻게 바라보는지 예의가 어긋나지 않는 선에서는 그다지 신경 쓰지 않았다. 직원의 안내를 받아 2층에 올라가자 '운명의 할아버지'가 집무실에 앉아 분주히 글을 적고 계셨다. 나는 문을 열자마자 90도로 꾸벅 인사를 크게 했다.

"안녕하세요, 스승님. 이렇게 뵙게 되었네요. 저는 대전에서 서양화를 전공한 박지호라고 합니다!"

학장님은 내 쪽으로는 일절 눈길조차 주지 않으신 채 퉁명스럽게 말씀하셨다.

"너는 뭐 하는 놈인데 다짜고짜 쳐들어오는 거냐. 내 학생이라니 만나준다만, 다른 사람이었으면 어림도 없다."

학장님의 퉁명스러운 대답이 끝남과 동시에 곧바로 집무실에는 정적만 흘렀다. 나중에 알고보니 학장님은 EBS 다큐멘터리 감독님들도, 각종 매체의 인터뷰도 전부 다 칼같이 거절하는 분이셨다. 그럼에도 갑자기 나타난 나를 만나주신 것을 보면 이 거장 할아버지의 마음 한구석을 내가 잘 공략한 게 틀림없었다. 한편으로는 학생이랍시고 대뜸 나타난 내가 궁금하시지 않았을까?

가만히 들여다보니 학장님은 각국의 인사들과 갤러리 관장들에게 보낼 새해인사 카드들을 접고 사인을 하고 딱풀로 붙이는 일을 하고 계셨다. 나는 말없이 다가가 맞은편에 의자를 끌어다 앉았다. 내가 카드 접는 일만 도와드려도 한층 수월하실 것 같아서 편지봉투를 접어 학장님의 주름진 손이 닿는 곳에 올려두며 묵묵히 시간을 보냈다. 내가 딱풀 하나를 다 써버리자 학장님은 아무런 말없이 새 딱풀을 꺼내 건네주셨다. 그 손길이 내 인사에 대한 대답이었다는 걸 나는 안다. 세 시간쯤 흘렀을까. 일이 어느 정도 끝나가자 그제야 학장님이 입을 여셨다.

"너, 요 앞에서 밥 먹고 가라."

"넵!"

밥 준다고 환영해주시는 사인을 내가 마다할 리 없다. 직원들이 식사하는 식당에서 밥을 먹고 돌아오니 학장님은 이렇게 말씀하셨다.

"우리는 일주일에 3일은 출근해야 한다."

"넵! 내일부터 바로 나오겠습니다."

나는 이곳에 입사하러 온 것이 아니었지만, 학장님의 제안을 거절할 이유가 없었다. 당연히 1초 만에 깔끔하게 대답했다. 그때의 나는 정해진 계획이 없던 무직 미대 졸업생에 불과했고, 대둔산 자락에 들어갈 컨테이너는 정리하면 그만이었다. 그리고 그런 상황에서 고민해보겠다고 말하면, 그 순간 내게 찾아온 기회는 없던 일이 되어버린다. 그러니 기회가 오면 잡을 수 있을 때 바로 잡아야 한다.

"… 그런데 너 집은 어디냐?"

"대전입니다."

"뭐?! 그럼 안 돼!!"

"여기서 나가자마자 바로 살 집을 구하겠습니다."

"…"

헛소리를 하는 것 같았는지 학장님께서는 내 대답을 듣고 어이없어 하셨다. 하지만 나는 학장님께서 손을 내밀어 주셨을 때, 그 기회를 잘 잡으면 된다고 생각했다. 그래서 "네!"라고 대답하는 동시에 당장 부동산으로 모험을 떠나야겠다고 생각했다. 그 생각을 그대로 말한 것뿐이었다.

"학장님, 그런데 혹시… 여기 주차장 자리 한 칸만 주시면 안 되겠습니까? 제가 사실 고향에 컨테이너가 있습니다. 거기서 살면 됩니다!"

물론 이 어이없는 제안은 0.1초 만에 거절을 당했다. 나는 학장님께 감사 인사를 드리고 나오면서 '컨테이너는 중고로 팔아야겠다'라고 생각하며 길을 나섰다. 건물을 나서는 내 뒤통수를 보며 학장님은 다른 연구원 선배들에게 한마디 하셨다고 했다.

"웬 또라이가 왔어. 허허, 참…"

먼 훗날 학장님께서 말씀하시길, 그날 나의 눈빛이 요즘 애들에게서는 볼 수 없는 눈빛이라서 좋았다고 하셨다. 학장님은 다른 사람에게 내 이야기를 할 때마다 늘 나를 '도깨비 같은 놈'이라고 부르셨다. 나는 그 길로 다음 날부터 서보파운데이션에 출근해서 7년간 그곳의 연구원으로 일했다. 그렇게

서울에 연고가 생겼고, 대전 촌년의 이상한 서울살이가 시작
될 수 있었다.

　　가끔은 어이가 없을 정도로 순수한 마음의 용기가 새로
운 삶의 방향을 선물해주기도 한다. 일반적으로 허용되는 예
의의 범주를 많이 뛰어넘는 것이 아니라면, 남의 눈치를 보지
말고 내 마음이 끌리는 대로 행동해보자. 그것이 미처 생각하
지 못했던 더 좋은 결과로 이어질 수 있다는 것을 나는 박서
보 학장님과의 만남을 통해 여실히 깨달았다.

박서보 학장님 덕분에 나는 생각지도 못한
서울살이를 시작하게 됐다.
언제나 감사한 마음이 한가득인 박서보 학장님과
2006년 서보파운데이션 사무실에서 한 컷.

반지하 사는 여자와
옥탑방 사는 남자의 만남

지금의 '어동이네 라이프'를 이야기하려면 단짝 모리와의 만남을 이야기하지 않을 수 없다. 박서보 학장님이 내 서울살이의 첫 단추 같은 인연이었다면, 모리는 삶을 바라보는 관점을 근본적으로 바꿔놓은 사람이다. 앞에서도 말했지만 나는 사회인이 되기 이전부터 생존을 목표로 꽤나 혹독하게 스스로를 몰아붙이는 삶을 살았다. 그 결과, '어디에 있어도 살아내는 사람'이 되어 있었다. 이 말은 곧 내게 사는 곳이 어딘지는 그리 중요하지 않았다는 의미다.

나는 초등학교 때부터 전학을 꽤 많이 다녔다. 횟수로 따지자면 이사를 42번 정도 다녔던 터라 예전 주소지까지 반영해 주민등록초본을 떼면 5장이 꽉 채워져서 나온다. 초등학교를 다니는 6년 동안 서너 개의 학교를 전전하다 보니 다녔던 학교 이름조차 기억나지 않을 정도다. 내가 성인이 된 후에도 '집'이라는 장소에 대해 특별한 애착이 없었던 것도, 부동산이 가져다줄 부가가치에 대한 기대가 없는 것도 돌이켜보면 어릴 때 유목민처럼 살았던 경험 때문일지 모르겠다. 가난했던 집안 환경으로 인해 '내 집'을 가질 수 있으리란 희망조차 없었던 것도 같다.

그래도 다행이었던 건 타고나기를 내가 가질 수 없는 것에 대한 야망은 애초에 품지도 않는 성격이었다는 점이다. 태생부터 긍정적이고 자격지심이 없는 성격이었다. 나만의 공간을 꿈꿀 여력이 없는 우리 집 사정이 나는 전혀 부끄럽지 않았다. 나보다 넓고 번듯한 집에 사는 친구들을 봐도 그들의 세상과 나의 세상이 분리가 잘 되어 있던 탓에 부럽지도 않았다. 어렸을 적 부모님이 계시지 않는 반지하 단칸방에서 동생과 단둘이 살 때도, 화장실이 집 밖에 있어서 밤에 볼일을 보려면 어둠을 뚫고 걸어가야 하는 낡은 주택에 살 때도 나는 아무런 불평 없이 그게 나에게 주어진 자연스러운 환경이라고 받아들였다.

그랬던 내가 '집이란 공간은 꽤 소중한 곳이구나' 하는 느낌을 갖게 된 것은 스물일곱 살 무렵이다. 서울 상경 후 박서보 학장님 문하에서 일하던 어느 날, 문득 마음에 바람이 일어 10개월 정도 출가를 했었다(출가 생활에 대해서는 뒤에서 구체적으로 이야기할 예정이다). 하지만 나는 이내 속세로 돌아왔고 다시금 진로를 고민하다가 동국대학교 교육대학원에 진학하게 됐다. 그전까지는 의욕과 생존 본능이 앞서 좌충우돌하며 무조건 돌진하는 사람이었다면, 그즈음부터 나는 비로소 어른으로서 내 앞가림을 차근차근 해내기 시작했다.

보증금 1,000만 원의 망원동 반지하 월셋집은 그때 내가 머물렀던 애틋하고도 소중한 공간이다. 이사를 그렇게나 많이 다녔던 내가 망원동 집에서는 놀랍게도 4년을 내리 살았다. 반지하이긴 했지만 햇볕도 제법 잘 들고, 창문이 작은 텃밭 공간 쪽을 향해 트여 있어서 차도, 행인도 다니지 않아 조용하고 안전했던 곳. 그 공간을 떠올리면 나의 20대 후반과 30대 초반 시절이 떠올라 지금도 마음 한구석이 흐뭇하다.

나로서는 정말 오랫동안 정을 붙이고 살았던 망원동 반지하 월셋집을 나오게 된 계기는 동생의 부재였다. 내게 동생은 평생을 의지하며 살아온 혈육이다. 그런 동생이 더 넓은 세상을 만나고 싶어 뉴질랜드로 워킹홀리데이를 떠나게 됐다. 기꺼이 축하해주고 환송해줄 일이었다. 동생을 공항에서 배웅해주고 돌아오던 날, 난생처음 마음 한가득 홀가분함이 들어찼다. 의지하며 살아온 관계이긴 했지만 언니이자 장녀로서 늘 동생의 뒤치다꺼리를 해야 했던 부담감이 컸었나 보다. 하지만 해방감도 잠시뿐, 그날 밤 잠자리에 들었는데 이 세상에 나 혼자 덜컥 남겨진 것 같은 느낌에 한참을 울다가 잠들었던 기억이 난다.

반려견 단추가 곁에 있긴 했지만, 혈육이 떨어져나간 상실감과 그로 인한 외로움은 날이 갈수록 커져만 갔다. 안정감과 편안함을 선사하던 내 생애 첫 번째 애착의 집이 갑자기 낯설고 무섭기까지 했다. 나중에 서로의 인생 타임 라인을 맞춰보고 알게 된 사실인데, 내가 깊은 상실감과 외로움으로 힘들어할 무렵, 미래에 내 단짝이 될 모리는 서른일곱 살이 되어서야 부모님 집에서 독립해 허름한 옥탑방 생활을 시작했다. 그렇게 반지하 사는 여자와 옥탑방 사는 남자의 운명 같은(?!) 만남의 순간이 다가오고 있었다.

반지하 사는 여자와 옥탑방 사는 남자가 만나면?

모리는 나와 정말 다른 삶의 배경을 가진 사람이다. 모리는 어릴 적 외교관이셨던 부모님 덕분에 아프리카에서 어린 시절을 보냈다. 그 시절 모리는 온갖 동물들을 보고 개미를 주워 먹으며 컸다. 이후 그리스에서는 찬물에 밥 말아 올리브를 반찬 삼아 먹으며 성장했다. 그동안 모리는 각국의 국제학교를 다녔다. 그러다가 중학생이 될 즈음 한국으로 돌아와 이후 서울에서 30년을 쭉 살았다. 내가 늘 어디론가 떠밀리듯 부유하는 민들레 홀씨 같은 삶을 살았다면, 모리는 한곳에 뿌리를 굳게 내리고 성장하는 나무 같은 삶을 살았다. 지금도 모리는 농담 반 진담 반으로 어릴 적 부모님이 학원을 하나만 보내줬네 마네 이야기하며 투덜대지만, 내 눈에 그는 부모님 슬하에서 안정적으로 자라온 사람으로만 보인다.

하지만 어린 시절 꽤 오랫동안 해외에서 살았던 경험 때문일까? 모리는 일반적인 대한민국 남성들과는 가치관이나 삶의 태도가 분명히 달랐다. 가령, 우리 사회에서 집이란 살기 위한 공간이 아닌 돈을 끌어모으기 위한 수단이 됐다고 생각한다는 점, 그런 생각에 그저 머물지 않고 실제로 자신이 원하는 삶의 모습에 맞춰진 집을 찾으려고 실천했다는 점 등이 그랬다.

무척 달랐지만, 또 그랬기에 비슷하게 겹쳐지는 지점이 있던 우리는 놀랍게도 온라인 공간에서 처음 만났다. 21세기 신인류답게 나와 모리는 소개팅 앱에서 서로의 존재를 알게 됐다. 동생을 뉴질랜드로 보내고 헛헛한 마음을 달랠 길이 없던 나는 외로운 마음을 메우고자 소개팅 앱 중에서도 신원 보증이 확실해 비교적 안전한 앱에 접속하게 됐다. 그곳에서 처음 대화를 나눈 상대가 모리다. 이성을 사귀겠다는 목적보다도 누군가와 대화를 하고 싶었던 마음이 컸지만 막상 모르는 남자가 말을 걸어오자 나는 무슨 말을 해야 할지 잘 몰랐다. 딱히 할 말이 생각나지 않아 꺼낸 화제는 나의 반려견 단추에 대한 이야기였다. 하지만 대화는 그리 길게 이어지지 않았고 우리는 그렇게 미지근한 몇 번의 채팅 이후 더 이상 연락을 주고받지 않았다.

그 뒤로 나는 소개팅 앱에 관심이 시들해져 그런 앱을 깔았는지조차 잊고 살았다. 쉴 새 없이 서로를 떠보기 바쁜 남녀 사이의 내숭 가득한 대화가 나에겐 한없이 유치했다. 아무리 신원 보증을 한다고 한들 낯선 사람을 앱에서 만난다는 게 역시나 꺼림칙하기도 했다. 무엇보다 당시에 근무했던 학교에서의 일이 너무 바빠 눈코 뜰 새가 없었다.

그 소개팅 앱에 다시 접속하게 된 것은 계절이 다섯 번쯤 바뀌고 나서 그때까지 쓰던 핸드폰을 바꾸기 전에 자료들을 정리하면서다. 앱을 지우기 전에 한번 접속해봤더니 이전에 모리와 나누었던 채팅 내역이 그대로 남아 있었다. 나의 반려견 단추 이야기를 듣고 모리는 자기도 나중에 상황이 되면 골든 리트리버처럼 커다란 강아지를 키우고 싶다고 대답했었다. 오래전 대화창을 물끄러미 읽다가 나는 문득 '이 남자가 소원대로 이후에 강아지를 입양했을까?' 하고 궁금해졌다. 이윽고 너무 뜬금없는 행동인 줄 알면서도 그에게 메시지를 보냈다.

'안녕하세요. 혹시 그때 말씀하셨던 대로 강아지 입양했어요?'

얼마의 시간이 지났을까? 채팅창에는 '우리가 각자의 인생을 사는 동안 유기된 새끼 고양이 두 마리를 입양했다'라는 메시지가 떴다. 현미와 오곡이라는 이름을 가진 뽀송뽀송한 아기 고양이 사진과 함께. 이후 각자가 애지중지하는 털뭉치 아가들을 자랑하느라 이야기는 길어졌고, 그 다음에는 안부와 취향을 궁금해하는 대화들이, 그 다음에는 주말 일과를 묻는 질문이 이어졌다. 채팅이 일주일쯤 이어졌을 무렵, 모리가 먼저 만남을 제안했지만 나는 그의 제안을 단박에 거절했다. 괜히 낯선 사람이 내 인생에 나타나 내 삶에 어떤 식으로든 변화를 가져오는 게 두려웠다.

그러자 모리는 글을 연재하고 있던 '브런치스토리'라는 플랫폼을 공유해주며 자신이 나름대로 구독자가 5,000명 정도 있는 글 작가라고 말하며 나에게 신뢰를 사려 했다. 그가 공유해준 글들을 읽으며 이 낯선 남자에 대해 천천히 알아갈 수 있는 시간이 주어졌다. 몇 년간 연재해온 그의 글들을 읽으며 이 낯선 사람의 과거 행적들, 인생을 보는 시선들을 가늠할 수 있었고, 그제야 안심이 됐다. 그리고 "이제는 커피 한 잔해도 되지 않겠어요?"라고 묻는 이 남자에게 머쓱하고 미안해질 만큼 친해졌다 싶어서 2017년 9월, 드디어 그와 만나기로 결정했다. 그리고 몇 번의 만남이 이어진 끝에 우리는 연인이 됐다.

모리는 내게 평생의 귀인이라 할 만큼 소중한 인연이다. 모리와의 추억을 이야기하라면 정말 수도 없이 많은 에피소드가 있지만, 내가 자주 떠올리는 기억 중 하나는 모리가 나를 자신의 옥탑방에 처음 데리고 간 날의 모습이다. 모리가 독립생활을 시작한 옥탑방은 보증금 500만 원에 월세 45만 원인 6층 빌라의 꼭대기 집이었다. 불법으로 개조해서 샌드위치 판넬을 얹어 만든 주방과 변기에 앉으면 맞은편 벽에 무릎이 닿는 화장실, 그리고 덜렁 크기만 한 원룸으로 구성된 옥탑방.

엘리베이터가 없어서 매일 6층 높이를 계단으로 오르락내리락해야 했지만 그는 하늘을 볼 수 있는 집을 찾다가 만나게 된 집이라며 그 옥탑방을 내게 자랑스럽게 소개했다. 모리는 자신에게 이 집이 왜 안성맞춤인지를 설명하며 집에 대한 소개를 이어갔다. 언제든 하늘과 구름을 볼 수 있고, 작은 화분에는 상추도 심을 수 있다고 말했다. 그리고 아기 고양이였던 현미와 오곡이가 뛰어놀아도 다른 집으로 넘어갈 수 없는 독립된 건물이며, 아무리 떠들고 소리를 질러도 민원이 들어오지 않는 도심 속 무인도 같은 공간이라 친구들과 함께 음악

을 듣고 술을 마시고 놀기에 좋은 딱 좋은 공간이라고 설명했
다. 이 성대한 곳이 자신의 이상적인 드림 하우스라나 뭐라나.

　　나는 속으로 '이 남자에겐 그러한 것들이 삶에서 중요한
모양이구나' 하고 생각했다. 그뿐이었다. 그 집의 부동산적인
가치, 그때의 모리가 가지고 있던 경제적 자산은 내게 그리 중
요하지 않았다. 당시 내가 살던 곳 역시 그리 대단치 않은 곳
이었으니까. 무엇보다 자신이 사는 공간을 순수한 표정으로
해맑게 소개하던 모습을 보며 내 안에 생긴 믿음, 그러니까 적
어도 그가 나쁜 사람은 아닐 것이라는 막연한 믿음이 더 중요
했다.

그 남자의 첫 집,
우리의 공간이 되다

모리에 대한 호감과는 별개로 모리의 '드림 하우스'는 내 눈에 청소가 절실히 필요한 공간으로만 보였다. 특히 본연의 색을 잃은 지 오래된 듯한 곰팡이 잔뜩 낀 변기와 화장실 곳곳에 잔뜩 엉겨 있던 물때가 유난히 도드라져 보였다. '이 남자, 위생 관념 없는 사람인가?' 하는 생각보다는 안타까운 마음이 컸다. 부모님과 계속 같이 살다 보니 이런 걸 배운 적도, 직접 청소해야 할 필요도 못 느꼈나 보다 싶었다.

한번은 모리가 여행을 떠난 사이에, 그의 오케이 사인을 받고 모리의 집을 싹 밀어버렸다. 거실, 신발장, 냉장고 등 정리가 필요해 보이는 집 안 곳곳을 청소하고 지나간 연애의 흔적들이나 혼자 사는 노총각을 떠올리게 할 만한 물건들은 죄다 내다버렸다. 그렇게 그의 집을 한 차례 정돈해주고 나서야 이 사람을 내 남자 친구라고 인정해줄 수 있었다. 물론 나의 시원한 결정에 모리는 엄청나게 만족스러워했다.

모리의 집이 허름한 옥탑방이라는 사실은 내게 별문제가 아니었다. 중요한 것은 그 안에 사는 사람이 어떤 사람이냐는 것이었으니까. 다소 지저분한 집 안도 그저 그의 스타일이라고 생각하면 그만이었다. 하지만 이 집이 겨울이면 냉골이라는 사실만은 그냥 넘어갈 수 없었다. 어느 겨울 날, 집 밖도 아니고 방문 앞 주방에 잠시 내놓았을 뿐인 생수병 물이 꽁꽁 언 것을 봤다. 보다 못한 나는 모리에게 못마땅한 한마디를 던졌다.

"오빠, 이제 때가 된 것 같아. 이사 갈 집 알아봐."

나중에 안 사실이지만 그때 모리는 엄청 서운했다고 한다. 내가 자신이 갖춰놓은 낭만을 망가뜨린다고 생각했다고도 했다. 따뜻한 집은 아닐지언정 하늘을 바라보며 살 수 있는 집인 것이 자신에게는 더 중요했기 때문에 그랬단다. 모리는 그런 사람이었다. 자신의 낭만과 가치관을 위해 현실과 타협하지 않는 사람. 집을 소유하고 있지 않아야 언제든, 어디로든 거침없이 훌쩍 날아갈 수 있다고 믿었던 모리가 내게 한마디 했다.

"지호야, 새로운 집을 알아보려니 내 날개가 부러진 느낌

이야."

그가 어떤 사람인지는 잘 이해하고 있었지만, 난 그런 면에서는 냉정했다. 낭만과 현실이 어느 정도는 어우러져야 했기에. 나도 물러서지 않고 대답했다.

"이제 마흔의 당신에게 어울리는 집을 찾아. 지금 이 집은 30대 이경훈의 집이야."

새집의 조건은 단 하나,
언제든 하늘을 볼 수 있어야 할 것

나의 단호한 표정과 짧지만 굵은 메시지 덕분이었을까? 이후 모리는 순순히 이사 갈 새집을 알아보기 시작했다. 우리는 주말마다 데이트를 겸해 부동산 투어를 시작했다. 이사 경험으로만 따지면 주민등록초본 5장에 주소 기록이 42개는 너끈히 나오는 내가 적극적으로 그가 이사 갈 집을 봐주기로 했다. 하지만 3개월이 넘도록 마땅한 집을 찾기란 하늘의 별 따기였다. 매물이 많은 시기였는데도 그랬다. 모리가 내세운 조건이 이유였다.

'테라스가 엄청 넓을 것'(집에서도 하늘을 봐야 하므로)

우리, 아니 모리의 조건을 들은 공인중개사 사장님들께

서는 처음에 '그 정도 조건이라면 충분히 매물이 있지요' 하는 표정으로 테라스가 딸린 집들을 보여주셨다. 하지만 모리의 기준을 충족하는 매물은 없었다. 테라스가 넓다고 해서 가보면 옆집에서 테라스 공간이 내려다보였다. 테라스가 꽤나 넓은 집이라고 해도 옆집과 똑같이 생겼으면 이놈의 모리가 마음이 동하질 않았다. 까다로운 매수자를 상대하느라 공인중개사 사장님들께서도 지쳐 가시는 게 눈에 보였다. 나중에 안 사실이지만 '테라스 변태 커플'이 있으니 어지간히 작은 테라스가 있는 집이면 처음부터 보여주지 말라고 부동산 사장님들끼리 소식을 공유하셨다고들 한다. 계절이 한 차례 바뀌고 나서도 우리의 새집 찾기 투어는 끝날 줄 몰랐다.

우리는 서울 은평구에서부터 마포구와 강서구를 지나 봉천동까지 내려와서야 이사 갈 집을 만날 수 있었다. 봉천동의 달고개를 힘겹게 넘어 올라가야 나오는 신축 빌라였다. 공인중개사 사장님께서는 아주 자신만만한 목소리로 "이 집 정도면 두 분이 더할 나위 없이 만족하실 겁니다" 하고 말씀하시며 우리를 그 집으로 데려가셨다. 6동 규모의 빌라 단지였다. 빌라치고는 작지 않은 규모였지만 우리 집만 유난히 테라스가 컸고 다른 집들과 동떨어져 있었다. 다른 집과 공간을 공유할 필요도, 눈치를 볼 필요도 없는 집이었다. 모리가 이 집을 한눈에 마음에 들어 하는 티가 팍팍 났다.

나 역시 이 집이 퍽 마음에 들었다. 하지만 '이사 고수'인 나는 좋아하는 마음을 크게 드러내지 않았다. 집값을 흥정하려면 포커페이스는 필수다. 최대한 아쉬울 것 없는 입장으로 보여야 조금이라도 집값을 조율해볼 여지가 생기는데, 모리의 표정은 값을 더 치르더라도 이 집에서 살아야겠다는 표정이었다. 결국 한 푼도 깎지 못한 채 계약을 하게 생긴 것이다. 모리의 오묘한 가치관은 여기서 끝이 아니었다. 당시 그 집은 매매가가 3억 원이었는데, 전세가는 2억 9,500만 원이었다. 500만 원만 더 지불하면 세입자가 아니라 집주인이 될 수 있는 상황이었다. 그런데도 모리는 1초도 고민하지 않고 전세 계약을 선택했다.

???

집이 생긴다는 것은 요즘 시대에 누구나 꿈꾸는 로망일 텐데, 왜 그걸 마다하지? 나 같으면 집주인 감투가 코앞인데, 아무리 집 욕심이 없다 한들 이런 상황이면 어디서든 빚을 내서라도 500만 원을 더 구해올 판이었다. 내가 휘둥그레진 눈으로 물었다.

"아니, 500만 원을 더 주면 집을 아예 살 수 있는데 왜 전세를 택하는 거야?"

공인중개사 사장님도, 건물주였던 건설회사 담당자도 이해할 수 없다는 표정으로 우리를 쳐다봤다.

모리는 집이란 안락함을 주고 안도하게 만드는 곳이라고 생각한다고, 집을 소유하게 된다면 그런 안심하는 마음이 자신의 인생을 끌어내려 궁뎅이를 뭉개고 있게 만드는 주범이 될 것 같다고 이야기했다. 어딘가에 매인다는 것은 슬픈 일이라고도 했다. 좀 더 나아가 말하자면 인생을 도전적으로 살아야 하는데 집을 갖게 되면 보수적이게 될 테니 결과적으로 퇴보하는 셈이라고 말했다. 집을 사서 그 집이 자기 소유가 되면 그곳에서 평생 살지 않더라도, 자유로운 새가 새장에 갇히는 기분이 들 것 같다고 말했다. 모리의 말을 들은 나는 또 한번 감정의 동요 없이 무표정하게 훈련사의 마음가짐으로 대답했다.

"오. 빠. 날개가 부러지는 게 아니고, 새로운 집을 얻으면 비행기 날개가 생기는 거야. 이 집이 맘에 너무 들어서 그렇게 방방 뛸 정도면 사야 해."

하지만 모리는 한사코 매수를 거부했다. 나는 "집 얻는 자 마음인데, 그러십시오" 했다. 결국 그 집에 들어가 살 사람은 모리였다. 그런데 그 집과 모리가 이어질 팔자였는지 다음 날 공인중개사 사장님으로부터 전화가 왔다.

"그 집, 건설회사에서 다른 분께 판대요. 그래서 전셋집 들어오시면 집주인은 다른 분이 될 겁니다."

통화중인 모리의 눈썹이 꿈틀댔다. 모리는 개인 간의 부동산 거래가 아닌, 법인회사가 집주인이어서 전세 계약이 괜찮았던 것이기도 했는데, 고작 500만 원을 더 낸 낯모르는 개인이 그 집의 주인이 된다고 하니 그것은 또 두고 볼 수 없었나 보다.

"그러면 그 집, 제가 매수할게요."

그렇게 모리는 대출을 끼고 봉천동 신축 빌라의 주인이 됐다.

'우리'의 삶을 직접 만들어가는 공간

집을 못 사서 난리들인 세상에 자기 집 사기 싫다고 발버둥치는 사람은 보다 보다 처음 봤는데, 모리는 막상 자기 이름이 적힌 등기부등본 서류를 보자 미묘한 감정이 든다고 했다. 늘 자유를 추구하던 모리에게 그날 이후 집이란 안정과 애착을 주는 공간이며, 그러한 감각이 부정적인 것만은 아니라는 방향으로 생각이 조금 바뀌었다고도 했다. 각자의 삶의 배경에 따라 사는 공간에 대한 생각이 달랐던 두 사람은 그렇게 서로의 가치관에 영향을 주고받으며 '집'에 대한 생각을 변화시켜나갔다.

샌드위치 판넬로 조악하게 확장했던 낡은 옥탑방에서

넓은 테라스가 있는 신축 빌라로 이사를 마치던 날이었다. 대패 삼겹살 구이와 소맥을 먹으며 이사 기념 저녁 식사를 하던 중 얼큰하게 취한 모리가 혀 꼬부라진 목소리로 내게 말했다.

"지호도 이제 이 집으로 들어와."

모리는 이때 내게 이런 말을 던진 게 프러포즈와 크게 다를 바 없었다고 했다. 무드라고는 찾을 수 없는 갑작스러운 제안이었지만, 망원동 반지하에서 홀로 살아가는 날들보다는 모리와 매일을 함께 맞이하는 시간들이 매력적으로 다가왔다. 나는 망원동 집을 타지에서 상경한 친한 동생에게 빌려주고, 강아지 단추와 옷가지들만 챙겨 모리와 봉천동의 작은 테라스 빌라에서 함께 살기 시작했다. 모리의 새집이 우리의 공간이 된 것이다.

집보다 테라스가 더 큰
노을 맛집

봉천동 집은 우리가 함께하는 삶을 시작한 집이었다. 나로서는 오랜 시간 반지하에 살다가 매일 반짝이는 햇살이 가득한 집에 산다는 게 좋았다. 봉천동 집은 빨래가 바삭하게 마르는 것 외에도 사람의 기분을 밝게 채워주는 공간이었다. 봉천동 집의 가장 큰 가치는 오후 5시 무렵 노을이 뉘엿뉘엿 지기 시작할 때부터 더욱 빛이 났다. 해 질 녘 노을부터 밤하늘까지 매일 하늘을 들여다보며 살았던 이 집에서 모리는 굉장히 행복해했다.

그토록 원하는 공간을 얻었으니 이제 디테일하게 집 안 구석구석을 우리 스타일로 만들 차례였다. 이쯤에서 봉천동 신축 빌라의 구조를 간단히 설명해야 할 것 같다. 현관문을 열고 집에 들어서면 짧은 복도 옆에 똑같은 크기의 방이 나란히 두 개가 있었다. 그리고 복도를 지나면 작은 주방과 거실이 나왔다. '대왕 테라스'는 두 개의 방 중 현관에서 가까운 첫 번째 방을 통해 이어졌는데, 우리는 그 방에 '술방'이라고 이름을 붙였다. 우리는 그곳에 친구들을 초대해 계절마다 고기를 굽고 술을 마시며 깊은 새벽까지 이야기하며 놀곤 했다.

봉천동 집 구조도

모리와 내가 운영하는 여행 플랫폼 '오다 투어'도 술방에서 시작됐다. 봉천동 신축 빌라는 우리가 일상을 영위하는 생활공간인 동시에 우리의 꿈을 키워나가는 사무실이었다. 나는 이 집에서 사는 동안 인생에서 처음으로 집은 잠만 자는 곳이 아니라는 점을 깨달았다. 집은 그곳에 머무는 동안 인생 전반에 기여하는 수많은 일을 할 수 있는 곳임을 모리를 통해 배웠다. 집은 휴식의 공간인 동시에 생산성을 극한으로 끌어올릴 수 있는 공간이기도 했다. 소중한 사람들과 음식을 만들어 나눠 먹는 공간이자 지친 몸을 누이고 하늘을 바라보며 치유하는 공간이었다.

그렇게 봉천동 신축 빌라에서 모리와 나, 그리고 우리 털뭉치 아이들과 우리들만의 추억을 켜켜이 쌓아나갔다. 물론 그 추억이 늘 좋은 일들로만 가득했던 것은 아니다. 15년 동안 애지중지하며 키웠던 나의 강아지 단추를 이 집에 사는 동안 하늘나라로 보냈다. 이후 새로운 식구가 된 아기 강아지 누룩이도 이 집에 살 때 입양했다. 슬픔과 기쁨, 만남과 이별이 교차하며 우리를 울고 웃게 만든 집.

봉천동은 과거에 달동네였다고 한다. 그래서인지 높은 오르막길로 유명하다. 우리 집은 작은 동산쯤 되는 높이의 중턱에 위치해 있었고, 집 근처에 높은 빌딩이 없었기 때문에 언제나 탁 트인 도심의 뷰를 즐기기에 더할 나위 없이 좋았다. 삶이 벅찼던 내가 인생을 통틀어 가장 하늘을 많이 바라보던 때가 이 집에서 살 때였다. 퇴근을 하고 나면 테라스 데크에 대(大) 자로 누워 고양이들과 밤하늘을 보던 모리를 통해 삶을 살아가는 태도를 많이 배웠다. 다홍색부터 보라색까지 다양한 빛깔로 수채화를 그려내던 하늘, 그런 하늘을 보며 보냈던 수많은 나날들, 우리가 만난 지 300일이 된 날을 기념하며 산 '술장고'를 한 편에 들여놓고 많은 친구들과 함께 막걸리 한잔을 곁들이던 순간들… 모리와 나는 봉천동 집에 2년 정도 살면서 추억이 가득한 행복한 날들을 살았다.

봉천동 노을 맛집과의 이별,
그리고 '우리 시즌 2'의 시작

하지만 이렇게나 사랑하던 집을 뒤로하고 이사를 가야만 하는 일이 생기고 만다. 작은 강아지였던 누룩이가 무럭무럭 자라면서 (예상은 했지만 먼 미래의 일이겠거니 했던) 봉천동 신축 빌라에서는 감당할 수 없는 현실이 성큼 다가온 것이다. 중형견들은 보통 생후 1년 정도가 지나면 활동력이 가장 왕성해지는데, 입양 후 1년여 정도가 지나자 누룩이가 고양이 현미와 오곡이를 쫓아다니며 괴롭히기 시작했다. 누룩이 입장에서는 같이 놀자며 두 고양이를 뒤쫓아 다닌 것이지만, 정적인 동물인 고양이들에게는 여간 스트레스가 아닌 상황이었다. 결국 현미와 오곡이가 스트레스로 인한 신부전증으로 입원까지 하게 됐고, 모리는 끝내 이렇게 말했다.

"우리 이사 가자."

이미 두 고양이의 병원비로 천만 원 이상을 족히 지출한 상황이었지만 우리에게 온 아이들을 끝까지 책임져야 했다. 우리는 고양이와 강아지의 생활공간과 동선이 겹치지 않을 수 있는 새로운 공간으로 이사를 가기로 결정했다. 나와 모리의 만족도 높은 삶도 중요하지만, 세 마리 털뭉치들도 엄연한 우리 가족이었다. 그리고 함께 사는 가족 중 누군가의 희생을 기반으로 한 다른 가족의 행복이란 있을 수 없었다. 게다가 보호자인 우리에게 반려동물들의 불편과 어려움을 파악해서 해결해줄 의무가 있는 것은 당연했다. 노을이 끝내주는 테라스가 너무나 아쉬웠지만 이사를 감행하는 것은 모리와 나의 가치관에 따른 자연스러운 선택이었다. 이사를 결정하면서 나는 모리가 자신이 그토록 중요하게 생각했던 테라스 공간을 가족의 행복을 위해 포기하는 모습을 봤다. 모리가 끝까지 아쉬워서 눈을 떼지 못했던 테라스를 다음 집에서는 더 제대로 만들어주겠다는 결심을 꿀꺽 삼키고 이 집을 떠나기로 했다.

우리는 봉천동 신축 빌라 매매도 우리만의 방식으로 진행했다. 부동산에 집을 내놓을 만도 했지만 우리는 왠지 이 집의 가치를 알아봐줄 만한 사람을 직접 찾을 수 있을 것 같았다. 아무리 부동산 중개인에게 우리 집이 낭만 하우스라고 외쳐도 그들에겐 그저 네모난 집일 뿐, 이 집을 가장 잘 아는 우리가 직접 집을 내놓아야 집값을 원하는 만큼 받을 수 있을 것 같았다. 그래서 네이버 카페와 내 블로그에 봉천동 집을 정중하게 소개하는 글을 올렸다. 사진도 수십 장을 골라 한 편의 매거진을 읽는 듯한 느낌이 들도록 정성스레 편집했다. 단순한 매물 소개글이 아니라 이 집에서 우리가 어떤 사계절을 보냈고 어떤 추억을 쌓았는지도 자세하게 적었다. 그렇다고 해서 이 집의 장점만 과장해서 알리고 싶진 않았다. 장점과 단점을 모두 쿨하게 적었다. 물론 매수가 목표였으므로 단점을 상쇄할 만큼 커다란 장점이 있음을 강조했다. 마케팅적인 개념으로 이야기한다면 '브랜딩'을 해서 홍보한 것이다.

모리는 봉천동 신축 빌라를 당시 시세보다 7,000만 원가량 더 올린 가격으로 내놓기로 결정했다. 세입자로서 살 집을 구할 때 늘 가격을 깎을 생각만 했던 나로서는 살던 집을 비싸게 내놓을 생각은 못하고 덜덜 떨었다. 하지만 모리는 단호했다. 물건값은 파는 사람 마음이고, 우리가 이 집에 들인 인테리어 비용과 새로 구매했던 모든 신형 가전 가구를 죄다 놓고 가는 것을 고려한다면 올린 가격이 적절하다고 했다. 적어도 집이라는 물건을 판매함에 있어서는 가격의 높고 낮음을 두고 많은 사람들에게 공감받을 필요가 없다고 했다. 이 집의 가치를 아는 '딱 한사람만' 만나면 된다며 걱정하지 말라는 모리의 말에 나는 '에잇' 하고 눈 딱 감고 글을 올려버렸다.

글을 올리고 나서 얼마 지나지 않아 모리의 말처럼 테라스의 노을 사진을 보고 반한 많은 분들이 연락을 해왔다. 하지만 매수 목적 없이 집을 실제로 보고 싶어서 문의한 분들이 대다수였다. 집을 사겠다고 연락을 준 곳은 총 세 팀이었다. 놀랍게도 이 중 어느 팀도 가격을 깎아달라는 제안을 하지 않았다. 모리의 말처럼 이 집의 가치에 동의한 사람들이었다.

봉천동 신축 빌라의 새로운 주인이 된 사람들은 집을 가장 마지막으로 보고 간 부부였다. 이들은 집을 보고 난 직후인 그날 오후 바로 매수를 결정했다. '대왕 테라스'를 지닌 봉천동 신축 빌라는 내놓은 지 한 달도 채 되지 않아 같은 단지의 동일한 매물보다 7,000만 원이나 높은 가격으로 새 주인을 맞이하게 됐다. 참고로 그해 내가 유튜브 채널을 운영해 벌어들인 연봉이 500만 원가량이다(월급이 아니라 연봉이다. 유튜브 하지 마시라). 내가 직장을 다녔으면 그 돈의 10배는 벌었겠다고 한탄하자 모리가 이렇게 말했다.

"지호 네가 집 브랜딩을 잘한 덕분에 7,000을 더 번거야. 그러니까 올해 네 연봉은 7,500만 원이지."

이 아재는 가끔 이렇게 사람을 좀 설레게 할 때가 있다. 생각보다 어렵지 않게 매매를 마친 우리는 옷과 털뭉치 녀석들만 챙겨서 새로운 집을 찾아 나섰다. 집값을 충분히 받았기 때문에 새로운 집에는 새로운 살림살이들을 채워서 '우리 시즌 2'를 시작할 요량이었다. 지금 우리가 살고 있는 '어동테라스 하우스'와의 만남이 서서히 다가오고 있었다.

**어동테라스
하우스 버전 1,
봉천동 집**

'어동테라스 하우스 버전 1'인 봉천동 집은
모리와 내가 처음으로 '우리'를 연습하던 공간이자
슬픔과 기쁨, 만남과 이별이 교차하며
우리를 울고 웃게 만든 집이었다.

이곳에서 모리와 나는 새로운 사업에도 도전하고
15년간 키웠던 반려견 단추를 떠나보냈으며,
새로운 가족 누룩이를 입양하기도 했다.

언제든 볕이 잘 들던 테라스 문가에서는
현미와 오곡이가 평화로이 함께 누워 시간을 보냈다.
수채화처럼 노을이 지던 그곳의 시간을 돌이켜보면
한바탕 꿈을 꾼 것 같다.

1 봉천동 어둠테라스 하우스의 낮과 밤
2 '술방'에서 오다 투어의 기반을 만들어가던 한때
3 눈 내리던 날, 테라스에서 누룩이의 한 컷
4 현미와 오곡이의 데칼코마니 같은 다정한 투 샷

5 　반려 고양이들을 위한 모리의 세심한 배려!
　천장을 비롯해 집 곳곳에 캣워크를 설치했었다.

6 　다소 평범했던 복도를 '어동이네 스타일'로 과감하게 바꿨다.
　벽에 붙인 커다란 세계지도와 타공 메모판이 포인트!

7 　탁 트인 테라스에서 보내던 오붓한 시간

8 　봉천동 어동테라스 하우스의 노을

어동테라스 하우스
버전 2의 시작

이사를 결심하자마자 봉천동 신축 빌라 매매 글을 올리는 동시에 우리는 이사 갈 두 번째 집도 알아봤다. 우선 큰 범위에서 지역을 결정해야 했다. '서울에 남을 것인가, 탈서울 할 것인가.' 한 번 서울을 벗어나면 다시 '인서울' 하기 쉽지 않다는 말들이 들렸지만, 과감하게 서울 외곽 지역에서 새집을 찾기로 결론을 내렸다. 우리가 선택한 지역은 안양이었다. 이사를 하게 된 근본적인 이유는 누룩이의 활동성을 충족시켜주기 위해서였는데, 안양에는 시에서 무상으로 운영하는 국내에서 가장 큰(3,000평 규모) 애견공원이 있었다. 1년 365일 비가 오나 눈이 오나 산책과 운동을 해야 하는 보더콜리 누룩이에게 이렇게 딱 맞는 지역은 없었다. 또한, 안양은 모리가 지하

철로도 충분히 출퇴근을 할 수 있는 지역이었다.

지역을 정했으니 그 다음은 집을 구할 차례였다. 우리는 첫 번째 집을 구할 때처럼 '테라스가 반드시 큰 집'이어야 한다는 조건을 내걸었다. 두 번째 집은 여기에 하나의 조건이 더 붙었다. '그리고 생활공간이 복층으로 나뉜 집일 것.' 아파트 중에서는 이런 조건을 충족하는 곳이 없었다. 사실 우리는 애초부터 아파트는 안중에도 없었다. 아파트를 살 만큼의 돈이 없기도 했지만, 남들과 똑같은 구조를 가진 공동 주거 단지에 바글바글 모여 사느니 그럴 바엔 차라리 초가집에서 사는 게 낫겠다고 생각했다(진심이다). 원하는 조건이 두 개나 되다 보니 선택할 수 있는 집들이 많지는 않았다. 복층 구조의 원룸 오피스텔은 많이 있는 편이었지만 방이 3개이면서 테라스가 넓고 복층 구조인 집은 드물었다.

하지만 첫 집을 고를 때처럼 100% 마음에 쏙 드는 집이 나타날 때까지 무한정 집을 알아보러 다닐 수도 없었다. 현미와 오곡이가 신부전증으로 입원 생활을 하는 중에도 별다른 차도 없이 시름시름 앓고 있던 상황이었다. 우리는 목표한 바가 뚜렷했기 때문에 확신의 결단력으로 이사를 결심한 지 3일 만에 곧 '어동테라스 하우스'로 변신할 지금의 집을 만나게 됐다. 그리고 역시 집은 사람과 정해진 인연이 있다는 게 맞다. 나는 이 집을 살펴보면서 '아, 여기가 우리가 살게 될 집이구나' 하는 느낌을 강하게 받았다. 구체적으로 이야기하자면, 현관을 지나 중문을 여는 순간 거실 창밖 너머로 앞산이 눈앞에 딱 들어찼는데, 그때 딱 그런 직관이 뇌리를 스쳤다.

이런 나와 달리 모리는 매우 실망한 눈치였다. 여러 공인 중개사 사장님이 인정한 '테라스 변태' 모리는 복층에서 나가는 테라스의 형태가 길쭉하기만 하고 넓지 않다며 아쉬워했다. 얼마나 성에 안 찼는지 계약서에 도장을 찍을 때까지도 내게 그 집이 정말 마음에 드느냐고 물을 정도였다. 하지만 나는 이 집에서 우리가 충분히 만족하면서 살아갈 수 있겠다는 가능성을 보았고, 잔말을 늘어놓는 모리에게 계약서에 도장이나 찍으라고 부추겼다.

이 집도 봉천동 첫 집처럼 신축 빌라였다. 그런데 모든 세대가 입주를 끝냈는데도 1년이 지나갈 동안 유일하게 끝까지 팔리지 않아 마지막으로 남은 집이었다. 일반적인 관점에서 집 구조를 살펴보면 그런 내력이 충분히 이해가 갔다. 우선 해가 잘 들어야 하는 거실이 흔히들 좋다고 하는 남향이 아니었다. 오히려 반대 방향에 가까웠다. 복층 공간은 넓었지만 창이 작아 어두컴컴했다. 테라스 사정도 썩 좋지는 않았다. 테라스라고 부르긴 했지만 길쭉하기만 해서 실용적으로 쓰기에는 애매했다. 테라스 밖으로 나가서 오른쪽으로 돌면 건축법상 조경 공간으로 구축해야 하는 공간이었는지 애매한 크기의 꽃나무들이 듬성듬성 성의 없게 심겨져 있었다. 아래층의 경우에는 주방과 거실이 통짜로 이어진 구조가 아니라 각각 떨어져 있었기 때문에 하나의 큰 공간으로 누리기엔 아쉬움이 컸다. 주방은 창문이 없어서 어두웠다.

정해진 대로, 주어진 대로 살면 '노잼'이다

하지만 관점을 바꾸면 단점을 보완할 방법이 보인다. 이 집의 원래 형태 그대로 살 계획이라면 이 집의 단점들은 그저 감수해야 하는 어려움에 그치고 만다. 하지만 우리는 정해진 대로 살지 않기로 했다. 남들이 좋다고 생각하는 집의 모습도 그저 수많은 기준들 중 하나일 뿐이다. 반대로 남들이 나쁘다고 생각하는 집의 모습도 그저 수많은 기준들 중 하나일 뿐이다. 우리의 라이프 스타일에 맞춰 단점은 보완하고 장점은 넘치도록 고친다면 우리에게 꼭 맞는 집이 될 것 같았다.

무엇보다 모리가 내게 이 집에서 인테리어든 무엇이든 한계 없이 해보고 싶은 만큼 아이디어를 다 펼쳐서 해보라고 모든 권한을 맡겼다. 훗날 내가 아빠의 집을 개조하는 등 과감한 '철거반'이 될 수 있었던 것은 모리의 전폭적인 지지로 공간을 그곳에 살 사람에게 맞춰 부수고, 새로 채우고, 구성하는 연습을 진작부터 할 수 있었던 덕분이다.

당시 우리 수중에는 여윳돈이 제법 있었다. 서울 빌라를 팔았더니 안양에서 더 큰 평수의 신축 빌라를 매매하고도 5,000만 원 정도가 남았던 것이다. 경제적으로 늘 쫓기는 삶을 살았던 나는 당연히 그 돈으로 모리 명의의 대출금을 갚는 게 우선이라고 생각했다. 빚이 많은 삶은 버거웠다. 그런데 이번에도 모리는 나와 생각이 달랐다. 은행 대출금은 차차 벌어서 갚아나가면 된다고 했다. 모리는 은행 대출금을 갚아버리고, 우리가 이 집을 평범한 모습인 채로 두고 살아야 한다면, 그로 인해 엄청난 가치를 손해 보는 셈이라고 말했다. 집을 우리한테 맞게 바꾸고 우리 삶이 하루라도 더 만족스러운 것이 가장 중요하고 더 가치가 있다면서 이 결정이 오히려 훨씬 돈을 버는 일이라고 하는 게 아닌가.

모리 대장님이 그렇게 말씀하시니, 나는 그럼 어디 한번 돈춤을 춰보겠다는 마음가짐을 가다듬고 집을 때려 부술 계획을 바로 세우기 시작했다. 우선 각 층의 용도를 명확히 했다. 아래층은 주요 생활공간으로 화이트와 우드 톤이 조화를 이룬 공간으로 설정했다. 위층은 음주가무 공간으로 블랙과 우드 톤을 적절히 안배해 인테리어를 하기로 결정했다. 그 다음으로 중요했던 업무는 이 집의 정체성이 담긴 공간이자 모리의 로망을 실현해줄 테라스 공간을 조성하는 것이었다.

나는 모리가 늘 외쳐왔던 '하늘을 보고 싶다'는 꿈을 지켜주고 싶었다. 그래서 다음 집에서도 테라스만큼은 제대로 만들어주겠다고 다짐하며 이사를 온 터였다. 가족이라는 그룹은 함께 사는 동안 반드시 구성원 중 누군가가 희생하게 되는 것이 일반적이다. 가족을 위해 아무리 지쳐도 회사를 때려치우지 못하는 가장, 아이들을 위해 자신의 꿈은 접은 채 엄마로서만 사는 인생…. 우리는 그런 누군가의 희생을 바라보는 시선이 둔감화되어 있다. 희생인 것까지는 아는데 정확히 그런 희생이 그 사람의 인생을 얼마나 우울하게 만드는지는 생각해보지 않는다.

　　우리 집만 해도 그랬다. 내가 어렸을 적 우리 집안에서는 생존을 위해 가족 구성원들의 희생이 줄줄이 이어졌다. 희생의 향연이었다. 그래서 내 인생의 2막, 내가 새롭게 꾸린 가족 안에서만큼은 그 누구도 일방적으로 희생하지 않길 바랐다. 가족 중 누군가가 무엇인가를 양보했다면 다른 무엇으로든 더 보상해주며 살 수 있도록 노력하기로 했다. 이런 배경이 있다 보니 나는 모리에게 이전 테라스 하우스보다 더 나은 놀이터를 꼭 만들어주어야 했다.

* 유튜브 채널 '어동이네 라이프'의
'테라스 하우스' 영상 보기

창이 작으면
벽을 부수자!

　　모리의 로망을 만족시켜줄 만한 테라스를 만들기 위해 나는 보통 사람들이라면 쉽게 엄두를 내지 못할 계획을 세우고야 말았다. 테라스로 나가는 문이 있던 벽을 박살 내기로 한 것이다. 일단 이 집에 밝은 빛을 가득 때려 넣어야겠다고 생각했다. 이전 집에서 사는 동안 눈이 내리고, 비가 오는 풍경을 시원하게 보며 산다는 게 얼마나 중요한지 배웠다. 그렇다 보니 그것만큼은 양보할 수 없었다. 하지만 그만큼 손대기가 어려운 큰 철거 프로젝트이기도 했다. 게다가 나는 건축을 전공한 것도 아니었다. '이거 가능한 걸까?' 싶었다.

　　그러나 모든 일에는 해결책이 있는 법. 수단이나 방법을 찾으면 못할 일이란 없다. 당장 내 능력으로 불가능한 일이라면 도와줄 사람을 찾거나 공부를 하면 된다. 나는 주위의 아는 건축업자 분들에게 철거에 대한 조언을 구하고 인터넷과 책 등을 파고들며 내 나름대로 조사를 해나갔다. 그렇게 백방으로 알아보니 건물 구조의 하중을 견디기 위해 만들어진 내력벽이거나 건물을 지지하는 H빔 철골이 들어가 있는 곳은 철거를 하는 것이 불법이라는 사실을 알게 됐다. 내가 철거하려는 벽이 여기에 속한다면 내 의지가 어떻든 간에 안전을 위해 철거를 해서는 안 됐다.

다음 스텝으로 넘어가려면 벽체 구조를 정확히 알아야 했다. 나는 건설사에 요청해 이 집의 설계도와 청사진을 받아보았다. 도면을 확인하다가 나는 기가 막혀서 말문이 막히고 말았다. '운명적'이란 말은 이럴 때 쓰는 단어였다. 놀랍게도 내가 딱 뜯어내고자 하는 만큼 벽 속이 알맞게 비어 있었다. 이 가벽은 철거해도 아무런 문제가 없는 벽이었다. 얼마나 딱 들어맞았던지 우리가 이 집을 만나기까지 이 집이 팔리지 않고 기다리고 있던 것은 아니었을까 하는 생각마저 들었다.

철거의 합법성을 확인한 후로는 일사천리로 철거 작업과 인테리어 공사를 추진해나갔다. 작은 섀시 문이 붙어 있던 곳을 철거해서 확실하게 개방감을 확보하고 폴딩 도어를 달았다. 길쭉하기만 했던 정면 테라스 부분과 우리 집 오른편의 꺾어진 곳에 위치한 조경 구간까지는 나무 데크를 깔았다. 층

별로 구상해둔 컬러를 구현하기 위해 복층 벽과 바닥 자재들도 모두 뜯어냈다. 새집이었기에 낡거나 해진 것은 아니었지만 우리가 그리는 꿈과 거리가 있는 것들과는 타협할 이유가 없었다. 이웃들에게 양해를 구하는 과정도 잊지 않았다. 우리 빌라에 사는 모든 세대에게 서울에서 가장 유명하다는 떡집에서 공수해온 떡과 일일이 손으로 쓴 편지를 전달하며 소음을 일으켜 죄송하고 양해해주셔서 감사했다는 마음을 공손히 전했다.

공사가 진행 중인 먼지 날리는 집에서의 시간들

모든 세상사가 타이밍의 문제라지만, 이사를 할 때 이 말을 한층 더 실감한다. 나가는 집과 들어오는 집의 스케줄이 딱딱 맞으면 좋으련만 봉천동 집의 새로운 집주인이 예상보다 빠르게 찾아지는 바람에 우리는 기가 막히고 코가 막힐 만한 상황임에도 공사 중인 집에 허겁지겁 들어와야 했다. 정돈된 집은 아닐지언정 들어가 살 집이 있는 것을 다행이라고 여기며 우리는 먼지가 풀풀 날리는 안양 집에서의 생활을 시작했다.

낮에는 공사 소음을 뚫고 인테리어 공사가 이루어지는 현장을 카메라에 담았다. 밤에는 공사를 마치고 자욱해진 먼지를 치우고 나서 촬영 데이터들을 백업했다. 모리와 나는 집 안 곳곳에 쌓인 공사 자재들 사이에 구겨진 채로 앉아 컵라면을 먹으며 전쟁에 피난길을 떠났어도 이것보다는 편했을지 모르겠다며 농담을 나누곤 했다. 공사 현장에서 유일하게 깨끗했던 공간은 안방이었다. 싱크대도 다 뜯어내고 냉장고도 없어서 대충 종이 박스 위에서 인스턴트 식사를 마치고 나면 우리는 안방 방문 앞에 신발을 가지런히 벗어두고 쏙 들어가 잠을 자고 일어났다.

공사 기간 동안 매일 먼지를 뒤집어쓰고 살아야 했지만 그것조차 고생이란 생각은 들지 않았다. 매일매일 집이 변해가는 모습을 오롯이 살펴보는 즐거움이 컸다. 한편, 공사 현장에 내내 함께 있다 보니 건축 비전공자임에도 불구하고 관련된 경험들이 어깨너머로 쌓여갔다. 현장 인부 분들이 퇴근하시고 모리는 아직 집에 도착하지 않은 저녁 시간 무렵이면 뽀얀 먼지가 둥둥 떠다니는 집 안에 그제야 고요함이 깃들었다.

물론 늘 그런 좋은 기분만 이어진 것은 아니다. 나를 믿고 새집 인테리어의 전권을 위임해준 모리에게 고맙기도 했지만, 소음과 먼지로 가득한 매일이 혼자 감당하기 힘들 때가 있었던 것도 사실이다. 그런 날에는 '왜 우리 둘이 같이 살 집의 인테리어를 나 혼자 다 감당해야 하나' 싶어 울화통이 치밀기도 했다. 하지만 우리는 진즉 가족회의를 통해 가정 내 업무

분담을 명확하게 나눈 차였다.

'모리는 바깥일을 해서 가족을 먹여 살릴 돈을 벌어온다. 나는 집안일을 책임지고 운영한다.'

이것이 우리가 정한 규칙이었고 우리는 각자의 역할을 충실히 하기로 약속했다. 물론 모리가 퇴근 후에는 정리나 청소 등을 무조건적으로 도왔다. 하지만 메인 감독의 신체적, 체력적, 정신적 고충을 속속들이 알 리 만무했다. 내가 감당해야 할 일의 규모가 다이내믹하긴 했지만, 이 공사 또한 저 앞에 끝이 정해져 있는 일이었기 때문에 그저 충실하게 시간을 보내면 그만이었다. 이런 마음가짐을 갖고 있기 때문인지 모리와 나는 테라스 하우스 개조와 같은 큰 프로젝트를 지날 때마다 서로 싸우기보다는 의외로 더 사이가 긴밀해진다. 그런 점에서 우리는 팀워크가 좋은 팀이다.

고통의 괴로움은 성실했던 시간만큼만 해결된다

이 시기에는 '고통의 괴로움은 성실했던 시간만큼만 해결된다'라는 말도 자주 떠올렸다. 이 말은 나의 오래된 좌우명이다. 경제적으로 곤란에 처하게 됐거나 집안 사정이 어려울 때마다 어렸던 나를 일으켜 세워주던 말. 그 시절에 비하면 이제 내 곁엔 든든한 반려자와 털뭉치 가족들 누룽이, 현미, 오곡이가 있었다. 그리고 새로운 집에서 어떤 일들을 벌여나갈지 나의 한계에 도전하는 느낌도 흥미진진했다.

인테리어 공사가 진행되는 동안 나는 오랜만에 20대 시절로 돌아간 느낌도 받았다. 내 능력으로 가능할까 싶었던 일들을 덥석 물어와 어떻게든 해내기 위해 애쓰던 시절 말이다. 제법 규모가 있는 대공사를 마무리하고 나니 과정은 녹록치 않았지만 그만큼의 경험치가 내 안에 쌓였다. 안양의 새로운 집을 때려 부수는 과정은 나의 오랜 좌우명을 오랜만에 읊조리게 해주는 시간이었다. 물론 공사 기간이 조금만 더 늦춰졌으면 나는 아마 승천했을지도 모르겠다.

모든 걸 잘 마무리해야 한다는 긴장감 속에서 안양 어동테라스 하우스 프로젝트는 하나씩 정리되어갔다. 이 일련의 과정들은 사건을 벌려놓고 수습해야 하는 환경에 나를 던져놓았을 때 그 고난을 잘 해결해내는지 스스로의 모습을 지켜보는 흥미로운 기회이기도 했다. 무섭고 감당하기 힘들다고 피해버리면 그냥 고통으로만 남겠지만, 문제를 해결하고 나면 삶에서 다른 의미가 된다. 고통의 또 다른 이름은 경험치다.

공사를 마친 집은 우리가 계약했던 그 집이 맞나 싶을 정도로 완전히 다른 집이 되어 있었다. 무엇보다 집 안으로 쏟아지는 햇볕의 양이 남달랐다. 테라스도 가로 길이 7미터에

달하는 탁 트인 공간으로 변신했다. 모리가 무척이나 기뻐했음은 물론이다. 나는 나무 데크의 일부를 뜯어서 그 공간을 텃밭으로 가꿔나갔다. 이 텃밭은 훗날 '어동포레스트'의 꿈을 키워준 시초가 된 공간인데 소소한 재미로 심었던 상추, 고추, 애호박, 방울토마토들이 물만 줘도 미친 듯이 성장해서 나중에는 먹는 속도보다 자라는 속도가 더 빠를 정도였다. 무공해 채소를 내 집 앞마당에서 수확해 먹는 기쁨은 이루 말할 수 없이 컸다.

현미와 오곡이도 더 이상 누룩이에게 쫓겨 다니지 않아도 될 만큼 여유로워진 새 공간에 금세 편안하게 적응하며 차츰 건강을 되찾아갔다. 어동테라스 하우스만의 특색 중 하나는 모든 방문마다 구멍이 뚫려 있다는 점이다. 이 구멍은 두 고양이를 위한 '캣도어'로 언제든 어느 공간으로든 숨어들 수 있도록 배려한 아이디어다. 현미와 오곡이가 이 집에 살면서 얼마나 편안함을 느꼈는지, 두 마리 모두 체중이 훌쩍 늘어버렸을 정도다. 누룩이의 행복 지수도 만만치 않았다. 매일 하루도 거르지 않고 집 근처 애견공원에서 에너지를 발산하며 행복한 보더콜리의 삶을 살아가는 중이다. 어동테라스 하우스에 사는 내내 다섯 가족은 그 누구도 소외되지 않고 자신이 원하는 만큼의 행복을 누렸다.

곡물 자매냥 현미와 오곡이를 위한 캣도어.
집 안 곳곳을 반려동물 친화적으로 꾸몄다.

어동테라스 하우스 버전 2, 안양 집

'어동테라스 하우스 버전 2'인 안양 집은
두 마리의 반려묘 현미와 오곡이,
그리고 새로운 식구 보더콜리 누룩이를 위해
모리가 과감하게 봉천동 어동테라스 하우스를 포기한 후
우리 삶에 맞추어 새롭게 선택한 집이다

남들 기준에는 단점이 참 많아 보여서
오랫동안 팔리지 않았던 집이지만
어동이네만의 시선으로 이 집을
세상에서 가장 우리다운 집으로 바꿔나갔다.

가로막혔던 벽은 뚫고
기존에 없던 나무 데크도 깔아
모리와 나, 털뭉치 아이들이
언제든 하늘을 보고 뛰어놀 수 있게 만들었다.

우리에게 집이란
내일의 돈을 기대하며 사는(buying) 곳이 아니라
오늘의 삶을 충실하게 사는(living) 곳이다.

1 가벽을 철거하기 전의 모습

2 가벽을 철거한 직후의 모습. 한결 더 시원하게 앞산이 보인다.

3 폴딩 도어도 달고 바닥 도장까지 새로 하니 전혀 다른 공간이 됐다.

4 몇 주 동안 이어진, 치열했지만 즐거웠던 인테리어 공사
5 완성된 안양 어동테라스 하우스에서 좋은 사람들과 함께!
6 반려동물 입장에서도 친화적인 환경을 갖춘 안양 어동테라스 하우스

5

6

당신 삶의 우선순위는
무엇입니까?

어동테라스 하우스를 새롭게 단장하는 과정을 비롯해 이 집에서 사는 동안 나는 어린 시절의 정서적 결핍이 치유되는 경험을 했다. 이 집을 개조하는 전 과정을 담은 영상은 총 500만 명이 넘는 사람들이 볼 정도로 입소문을 타며 유튜브 채널 '어동이네 라이프'가 유명해지는 계기로도 작용했다. 소위 '떡상' 하게 해준 계기였다. 그 영상은 유명세와 더불어 우리에게 큰 보람과 자부심을 안겨주었다.

'지금까지 집은 투자의 개념으로만 생각했어요. 그런데 영상을 보고 진짜 내 삶에 맞춘 집이라는 개념에 충격을 받았어요.'

'아파트에서 살지 못해 박탈감이 들었는데, 어동이네처럼 나의 라이프 스타일에 맞춘 빌라에 살아도 괜찮겠다는 새로운 희망이 생겼습니다.'

우리는 정해진 대로 사는 것에 나도 모르게 익숙해 있던 자신의 모습을 목격하는 것이 중요하다고 생각한다. 구독자 분들의 진심 어린 응원과 지지의 댓글은 모리와 나로 하여금 우리의 가치관에 더욱 자신감을 가질 수 있도록 북돋워줬다. 사회가 정한 규범과 정상성에 맞춰 사는 것에 익숙하던 사람들에게 '이런 삶도 충분히 가능하고 행복해요'라는 메시지를 던질 수 있어서 기뻤다.

우리는 당시 우리가 가질 수 있었던 최고의 집을 포기하는 선택을 내렸지만 덕분에 새로운 꿈을 꿀 수 있게 해준 지금의 집을 만날 수 있었다. 그것도 불과 3일 만에. 이때의 경험으로 우리는 더욱 자신 있게 말할 수 있게 됐다. 지금 내가 가진 것을 잃을까 봐 새로운 도전을 머뭇대거나 불안해하지 않아도 된다고. 오히려 더 좋은 기회가 나를 찾아올 수도 있다고.

지금, 원하는 곳에서 살고 있나요?

모리와 나는 '지금 사는 집이 언젠가 가격이 오르겠지' 하는 기대감으로 이 집을 사지 않았다. 두 명의 사람과 세 마리의 동물로 이루어진 다섯 가족이 모두 행복하게 현재를 누릴 수 있는 곳. 그것이 가장 중요한 기준이자 우선순위였다. 이렇게 기준을 달리 세우면 꼭 서울이 아니어도, 꼭 아파트가 아니어도 '우리 가족의 로망을 실현할 수 있는 집'을 충분히 찾을 수 있다.

개조와 인테리어 공사를 과감하게 할 수 있었던 것도 같은 맥락에서다. 이곳저곳 함부로 손댔다가 나중에 집을 팔 때 마이너스가 될까 봐 우리 가족의 라이프 스타일에 맞지 않는 공간에 우리의 삶을 욱여넣지 않는다. 그래서 화목난로도 놓고, 텃밭도 가꾸고, 우리 집 고양이들과 강아지가 원한다면 언제든지 바람을 쐬고, 햇살 속에서 낮잠을 잘 수 있는 집, 친구들이 놀러 왔을 때 삼겹살을 구워먹고 재밌게 놀다 갈 수 있는 집을 만들려 했다. 그 과정이 조금은 번거롭고 힘들더라도 살고 싶은 방향에 맞춰 오늘 하루를 만족스럽게 잘 살아내기 위해 리모델링도 서슴없이 실행한다.

그렇게 바꾼 집에서의 삶은 매일이 충만하다. 정서적으로도 만족스럽고 통장에 돈이 있고 없고를 떠나서 세상을 다

가진 듯한 마음, 부족함이 없는 마음이 든다. 집이 행복하니 기꺼이 대출금을 갚을 마음도 생기고 일도 즐거워진다. 긍정적인 삶의 태도를 채울 수 있는 기회에 투자하는 것이다.

그런데 내가 원하는 곳에 살기 위해서는 한 가지 전제 조건이 있다. 바로 내가 어떤 사람인지를 분명하게 알고 있어야 한다. 내가 무엇을 좋아하고 싫어하는지, 어떤 인생을 살고 싶은지, 포기할 수 있는 가치와 절대 포기할 수 없는 가치가 무엇인지 등을 제대로 파악한 상태여야 하는 것이다. 나는 결정을 내리는 주체이자 그 결정의 결과를 고스란히 감당해야 하는 사람이기 때문이다. 원하는 대로 살려면 원하는 게 무엇인지부터 알아야 하는 게 당연하다.

그런 면에서 일찌감치 나로서 살아갈 줄 아는 능력을 가져야 하는 상황에 처했던 것은 지금에 와서 생각하면 내게 행운이었다. 내 인생은 소위 우리 사회가 말하는 성공할 수 있는 조건을 갖춘 삶과는 거리가 멀었다. 지방대 출신에 그것도 밥벌이로 바로 직결되기 어려운 예술 전공생이었다. 하지만 오히려 그러한 배경 덕분에 사회가 정답이라고 제시하는 획일적인 기준에 부응하는 삶을 내면화하기보다 나만의 질서를 스스로 만들어가며 생활을 개척할 수 있었다.

자기에 대한 판단이 확실히 섰다면 그 다음은 '실행'이다. 지금의 어동이네 라이프가 가능했던 이유도 모리와 내가 둘

다 결정하고 나면 곧바로 행동할 줄 아는 사람들이었기 때문이다. 많은 사람들이 자신의 인생을 자신의 의지대로 충만하게 살지 못한다며 안타까워한다. 나는 이런 사람들에게 안타까워만 하지 말고, 마음이 향하는 방향으로 일단 움직이라고 조언하고 싶다. 모험을 두려워하지 말기. 지금 상황에 안주하지 말기. 그럴 수 있는 힘은 당신 안에 이미 충분하다. 그리고 그 힘을 깨닫는 순간, 당신은 당신만의 삶을 비로소 여행할 수 있다.

한 달 살기가
라이프 스타일이 된다면

30대 초반까지 나는 여행에 관심이 없었다. '우리의 삶 자체가 긴 여행인데 사람들은 왜 여행을 갈망할까? 돈 아깝고, 시간 아깝게 왜 굳이 다른 곳으로 떠나려 하지?' 하루하루 생존하기 급급했던 내게 여행은 그저 삶에 여유가 있는 사람들이나 갈 수 있는 거창한 취미 활동에 불과했다. 그랬던 내가 이제는 '한 달 살기는 새로운 라이프 스타일이 되어야 한다'라고 말하며 주변에 여행을 적극 권할 만큼 여행의 맛을 알아버렸다.

여행이란 단어에 어떤 설렘도 느끼지 못하던 내가 변화하게 된 계기는 뉴질랜드에서 한 달 살기를 하게 되면서부터다. 뉴질랜드로 떠날 수 있었던 것은 앞에서도 언급했지만 여

동생이 그곳에서 워킹홀리데이를 하고 있었기 때문이었다. 뉴질랜드에서의 시간은 새로운 공간이 선사하는 신선한 경험의 소중함을 일깨워줬다.

당시 한국은 이미 미세먼지가 당연한 사회였다. 하지만 천혜의 자연환경을 갖춘 뉴질랜드에서는 일주일 내내 창문을 열어두어도 집 안에 먼지가 쌓이지 않았다. 도로도 워낙 깨끗한 나머지 신발도 신지 않은 채 시내를 걷고 마트에 장을 보러 가는 사람까지 있을 정도였다. 그래서 나도 한번 따라 해봤는데 아무도 나를 이상한 눈초리로 쳐다보지 않았다. 나는 뉴질랜드에서 지금껏 느껴보지 못했던 굉장한 자유를 만끽할 수 있었다.

그때 이후로 나는 몽골, 아이슬란드, 발리 등 여러 나라를 모리와 함께 또는 홀로 여행하며 한국에서와는 다른 삶의 모습들을 마주했다. 수평선이 아득한 몽골 초원 한가운데에서 엉덩이를 내놓고 볼일을 보면서 금기를 허무는 듯한 아찔한 느낌에 몸서리쳤던 경험, 언제든 용암이 분출할 수 있는 아이슬란드의 활화산 지대 위를 걸었던 경험 등은 여행이란 행위를 둘러싸고 내 마음속에 세웠던 장벽을 허물지 않았다면 절대 해보지 못했을 일들이다.

뉴질랜드, 아이슬란드, 인도네시아 발리 등
다양한 지역을 여행하며 다채로운 경험을 쌓았다.

나는 아마도 전생에 몽골 사람이었을지도 모르겠다.
이제는 몽골을 옆 동네처럼 다녀서 우리 동네 같을 지경이다.

아이슬란드의 오로라는 살아생전 꼭 내 눈으로 직접
한 번쯤은 목격해야 하는 경험이다.

여행, 삶의 경험치를 높이는 가장 탁월한 방법

여행 전후의 나는 유리 천장에 부딪히지 않기 위해 적당히 뛰던 벼룩과 자신의 한계보다 더 높이 뛸 수 있게 된 벼룩에 비유할 수도 있겠다. 자기 몸 길이의 수천 배를 뛸 수 있는 벼룩을 뚜껑이 닫힌 비커에 넣어두고 뛸 수 있는 높이에 제한을 두었더니, 실제로 뛸 수 있는 최대 높이가 줄어들었다는 연구 결과가 있다. 이 실험은 제한된 환경에 놓인 생명체는 성장과 발전의 가능성이 줄어듦을 보여준다. 여행하지 않는 삶은 천장과 벽이 눈에 보이지 않는 투명한 상자 안에 살면서 내가 사는 곳이 세상의 전부인 줄 아는 삶과 다름없다.

지구에 태어난 이상, 우리는 가능한 한 많은 경험을 통해 나 자신을 확장시킬 권리와 의무가 있다. 내 안에 잠재된 능력은 그것을 자극하는 다양한 환경을 만났을 때 비로소 깨어난다. 그렇지 않으면 우리는 타고난 능력과 내 안의 소망을 피워낼 수 없다. 연구자들은 이를 두고 '자기 불구화'라고 부른다. 너무 무서운 단어 아닌가. 자기 불구화라니! 여행은 익숙했던 일상을 벗어나 나를 새로운 자극 속으로 밀어 넣는 가장 좋은 방법이다. 2박 3일, 4박 5일의 짧은 여행이 아닌, 한 달 살기와 같은 형식의 장기 여행이라면 낯선 환경 속에 나를 온전히 풀어놓을 수 있으므로 더욱 좋을 것이다.

개인적으로 나는 짧은 여행보다 긴 여행이 잘 맞는 편이다. 기간이 짧은 여행은 오히려 오고 가면서 소진하는 체력과 정신적 에너지가 상당해 영감을 받거나 충전을 제대로 하기가 어렵다. 최소 2주, 길게는 한 달 정도의 기간을 잡고 여행을 해야 그 나라, 그 사회 속에 제대로 녹아들어가는 나를 발견할 수 있었다. 오랜 시간 새로운 장소에 머무르다 보면 나만의 고집스러운 색깔들이 경계 없이 풀어지고 옅어짐이 느껴졌다.

해외나 먼 지방으로 여행을 떠나는 것이 당장 어렵다면 나는 템플 스테이 같은 체험도 권한다. 나는 지금처럼 적극적으로 여행을 좋아하기 전, 한 달 정도 출가 프로그램에 참여한 적이 있다. 그곳에서 행동심리학 강의를 들으며 인식의 지평이 넓어지는 경험을 한 기억이 난다. 내가 머물던 사찰은 이름만 들으면 누구나 알 법한 유서 깊은 곳이었는데 여기서 한 정신심리학학회에 장소를 빌려주며 출가 프로그램 참여자들을 대상으로 한 세미나를 개최했다. 세미나에서는 다양한 심리학 실험들을 몸으로 경험하고 이해하는 과정이 이어졌는데, 그중 가장 인상적이었던 메시지는 슬픔과 행복이 연결된 감정이라는 점이었다. 모든 감정은 도넛처럼 둥글게 연결됐다는, 역설적이지만 삶의 핵심이 담긴 메시지는 한 달 동안의 출가 프로그램에 참여하지 않았다면 얻지 못했을 통찰이었다.

PART 2.

어동이네가 생각하는 가족의 의미

"껌딱지처럼 딱 붙어서 가는 것이 아니고,
각자의 거리는 지키되 함께 한곳을 바라보며
나란히 발 맞춰 살아가는 것.
그것이 모리가 생각하는
이상적인 연인, 부부의 모습이었다.
그는 늘 내게 주체적으로 살아야만
행복을 얻을 수 있다고 말했다.
그리고 그와 오랜 기간 함께하며 나는
그의 이런 생각에 자연스럽게 물들어갔다."

300일 기념일에 받은
폭탄 같은 선물

소싯적 나는 나이의 맨 앞자락이 '3'이 되기 전에 새하얀
웨딩드레스를 입고 싶었다. 어린 소녀의 눈에 30대 언니들은
이미 인생을 살아볼 만큼 살아 산전수전 다 겪은 사람인 것만
같았기 때문이다. 그래서였을까? 스무 살 언저리의 나는 '늦어
도 스물아홉 전에는 결혼하면 좋겠다' 하고 막연한 희망 사항
을 품었었다.

한편, 모순되게 들리겠지만 나이가 들어갈수록 마음 한
구석에서 '내가 진짜 결혼할 수 있을까?' 싶은 의구심이 고개
를 들었다. 평범하지 않은 집안 내력으로 인해 나는 행복한 가
정에 대한 상상력이 부족했다. 그래서 모든 일에 자신만만하
게 도전하는 사람이었음에도 불구하고 내 가족을 꾸리는 일

에 대해서는 나도 모르게 스스로를 별 볼 일 없는 사람이라고 깎아내리는 심정이 들곤 했다.

대학원까지 학자금 대출을 받으며 다녔던 나는 그때까지도 이렇다 할 목돈을 모아둔 게 없었다. IMF 시절 가세가 기울어진 뒤에는 온 가족이 뿔뿔이 흩어져 살아왔다. 언젠가 결혼할 상대를 만나면 이런 나의 배경들을 공유해야 할 텐데, 내 삶의 민낯을 구구절절 설명할 생각을 하면 머리가 복잡해졌다. 누군가에게 내 처지를 이해받아야 한다는 사실에 그런 상황이 당장 닥친 것도 아닌데도 숨이 턱턱 막혔다. 내 상황이 부끄러웠다기보다 나의 내력을 설명해야 한다는 사실에 적잖이 피로감을 느꼈다. 그러는 사이 결혼에 대한 로망은 어느새 점점 작아져가고 있었다.

모리, 나에게 새로운 세상을 열어준 남자

그런 내게 지금의 남편인 모리는 새로운 세상을 열어준 인연이다. 모리 덕분에 나는 사랑과 가족에 대해 다른 관점으로 정의를 내릴 수 있게 됐다. 모리와 연인으로서 만날 때만 해도 나는 응당 사랑하는 사람과는 결혼을 하고, 결혼이란 제도를 통과한 이후에 함께 사는 것이 수순이라고 생각했다. 나도 모르게 우리 사회가 정한 순서를 내면화하고 있었던 거다. 이런 나의 정형화된 생각은 그와 만난 지 300일 만에 와장창 깨지고 말았다.

때는 바야흐로 300일 기념일. 특별한 날이니 만큼 나는 두근거리는 마음으로 모리와의 데이트에 나섰다. 내가 생전 먹어본 적 없었던 향신료 냄새로 코끝이 알싸해지는 훠궈 마라탕 집에서 식사를 할 때였다. 끓어오르는 마라훙탕 속에 어묵을 퐁당퐁당 넣으며 모리가 이렇게 말했다.

"지호야, 난 너랑 결혼은 안 할 거야."

아니, 이건 무슨 아닌 밤중에 홍두깨 같은 소리람.

대~~~~~~~단히 '마상'이었다. 누가 결혼하자고 했나. 이 인간이 미쳤나. 너는 왜 그런 말을 마라탕 먹을 때 하니? 나는 그때까지 모리에게 단 한 번도 결혼 이야기를 꺼낸 적이 없었다. 그런데 아무런 맥락도 없이, 그것도 300일 기념 데이트를 하던 중에 뜬금없이 그런 말을 하다니. 나는 서러운 마음에 눈물이 주룩 흘렀다. 기념일이랍시고 예쁘게 꾸미고 나온 내 모습이 창피할 따름이었다. 이후 자기주장이 강했던 모리는 자기가 던진 말에 꼬리를 이어가며 설명을 덧붙여갔다. 그 말들을 종합해보면 대략 이렇게 요약할 수 있었다.

'일반적으로 우리나라에서는 지금의 우리 나이쯤, 그러니까 30~40대 무렵에 두 사람이 만나서 연애를 하다가 결혼한다. 어떻게 보면 인생을 통틀어 내가 진심으로 사랑하는 누군가를 만나서 결혼을 한다기보다 소위 '결혼 적령기'라는 무렵에 마침 내 옆에 있게 된 사람과 결혼을 하게 되는 것이다. 하지만 나는 그러고 싶지 않다. 어떤 시기에 얽매이지 않고 이경훈이라는 사람을 네가 있는 그대로 깊이 이해하고, 어떤 사람인지 알고 만나줬으면 좋겠다. 그리고 그 과정을 오롯이 다 통과한 후에도 우리가 여전히 사랑해서 같이 살게 된다면 나는 그게 곧 결혼이라고 생각한다. 법이 인정해주고 증명해주는 테두리 안에 꼭 들어감으로써 가족임을, 결혼한 관계임을 인정받을 필요는 없다고 생각한다.'

일견 자기 생각이 분명한 남자의 소신 있는 발언이라고 여길 수도 있겠지만, 당시의 나는 서운한 감정에 휩싸여서 그의 모든 말이 정말이지 말도 안 되는 '개소리' 같았다. 그리고 그날 밤, 긴 고민 끝에 그에게 메시지를 보냈다.

'우리 헤어지자. 난 자신이 없다.'

내가 생각했던 연애 방식과 가치관과는 너무도 달랐던 이 남자에게 적응하기가 힘들었다. 나는 모리가 그런 자신을 버거워하는 나를 인정하고 이별을 받아들일 것이라고 예상했다. 하지만 역시 그는 예상을 빗나가는 남자였다. 다음 날, 모리는 망원동 반지하 집 앞을 찾아와 이렇게 이야기했다.

"지호야, 너는 나랑 헤어지고 싶은 게 아닐걸?"

"…"

'진짜 미쳤나. 내가 헤어지자는데 뭐가 아니라는 거야.'

모리는 나더러 그건 도망가는 거라고 했다. 내가 가르쳤던 초등학생도 카톡으로 헤어지자고는 안 하겠다고, 진짜 이별을 원하는 거라면 눈을 보고 내 의견을 똑바로 전달해야 하는 거라고 말하길래 나도 내 의견을 피력했는데, 너무 당당한 모리를 보고 있자니 이내 말문이 막혔다. 결론만 말하자면 나의 이별 도주는 실패했다. 모리는 내게 자신이 '브런치스토리'에 올린 글 하나를 읽어보라고 했다. '사랑은 어둠을 받아들이는 것'이라는 제목의 짧은 에세이였다.

그 남자의 진짜 마음

사랑은 어둠을 받아들이는 것

겉궁합, 속궁합과 마찬가지로 어둠의 궁합을 맞춰보자. 화장을 한다. 회사 갈 때는 안 꺼내던 고데기를 가지고 와서 머리를 고급스럽게 만다. 이번에 세일할 때 구매한 가장 아끼는 하늘하늘한 원피스를 꺼내 입는다. 그에 맞는 귀걸이와 목걸이를 준비한다. 굽이 높아서 평소에는 못 신던 신상 구두를 꺼내 신고 거울 앞에 선다. 완벽하다.

일찍 일어나 머리를 감는다. 조심스럽게 드라이를 하면서 세팅하기 좋게 머리의 결을 잡아준다. 비싸지만 세팅력과 세정력이 뛰어나다는 광고에 혹해서 구매했던 왁스를 꺼내 살짝 손에 묻힌다. 한참 머리 세팅을 한다. 뭔가 마음에 안 든다. 약속 시간이 얼마 안 남았지만 결국 머리를 다시 감고 드라이를 다시 한 후 한 번 더 세팅을 해본다. 이번에는 그럭저럭 마음에 든다. 남자가 무슨 화장품이냐며 무시하면서도 슬쩍 구매했던 비비 크림을 살며시 발라본다. 거울 속에 비친 내 모습을 바라본다. 완벽하다.

사랑하는 사람에게 잘 보이고 싶은 것은 누구나 가지고 있는 본능이다. 그러하기에 우리는 그를 혹은 그녀를 만나러 갈 때 자신의 장점을 한껏 드러나게 꾸미고 단점은 보이지 않게 구석에 꼭꼭 숨겨놓는다. 예쁘게 보이고 싶어 하고, 멋있게 보이고 싶어 한다.

상대방에게 좋게 보이고 싶은 마음이 잘못된 것은 아니다. 하지만 그렇게 시작되고, 그렇게 이어진 우리의 사랑은 어느 순간 큰 벽에 부딪치게 된다. 예쁜 면만 보아왔지만 막상 그녀의 가장 중요한 부분이, 쉽게 마주하던 밝은 곳이 아닌 가장 어두운 곳에 있다는 것을 깨닫게 될 때 말이다. 그 어두운 면과 마주하는 그 순간, 사랑은 갑자기 미로처럼 복잡해진다.

사람은 누구나 어두운 면이 있다. 그걸 트라우마라고 할 수도 있고, 상처라 부를 수도 있으며, 심지어 정신병이라 칭할 수도 있다. 무엇이라 부르든 간에 그 어두운 면을 부정할 수 있는 사람은 없을 거다. 또한, 그 부분이 자기 인격 형성에 가장 큰 부분을 차지하고 있다는 것은 굳이 프로이트를 인용하지 않아도 스스로 다 느끼고 있다.

하지만 불행하게도 자기 인격의 코어라고 할 수 있는 이 가장 중요한 부분을 우리는 너무나도 늦게 상대방과 공유한다. 우리는 외모의 호감성, 성격의 적합성, 직업 등을 포함한 조건들의 유사성, 그리고 심지어 속궁합까지 따지면서도 어찌 보면 가장 중요한 이 어둠의 궁합에서는 시선을 회피하려 한다.

하지만 아무리 회피한들, 어느 순간 모든 사랑하는 이는 깨닫게 된다. 열정적으로 보였던 우리 사랑이, 영원할 것만 같던 우리 사랑이 갑자기 어떤 눈에 보이지 않는 벽에 도달했다는 것을 말이다. 그 벽 앞에 서는 순간, 우리는 지금까지 알던 것과는 다른 그 사람의 진정한 모습을 마주하게 되며 이 벽을 허물지, 그냥 넘어갈지, 혹은 돌아갈지에 대한 선택의 기로에 놓이게 된다.

그러하기에 겉궁합, 속궁합이 중요하듯이 어둠의 궁합도 매우 중요하다. 어쩌면 가장 중요하다고 할 수 있다. 겉궁합으로 사랑이 시작되고, 속궁합으로 사랑이 깊어지지만 사랑의 완성은 어둠의 궁합을 통해 이루어진다. 어둠의 궁합이 가장 중요한 이유 중 하나는, 다른 궁합들은 노력으로 안 맞는 부분을 부분적으로 맞추는 것이 가능할지라도 이 어둠의 궁합은 내면 아주 깊숙한 곳에 자리 잡고 있어서 그 어떠한 노력으로도 변화가 거의 불가능하다는 것이다.

그녀의 벽을 내가 단순히 이해하는 것만으로는 부족하다. 그 벽은 내가 공감하고 받아들여 내 일부가 될 수 있는 벽이어야 한다. 처음에는 벽을 외면한 채 돌아 들어가거나 사랑으로 그 벽을 이해하기만 한 채 넘어가려 하지만 그러하기에는 그 벽의 두께가 너무 두텁다. 진정한 사랑의 완성이 되려면 그녀의 벽과 내 벽의 궁합이 맞아야

만 한다. 그리해서 이해를 넘어선 공감과 일치로 나와 그
녀의 벽 둘 다를 허물어야만 한다.

6년간 사업을 하면서, 그 기간 동안 직원들과 수없이 면
담을 하면서 깨달은 것이 두 가지 있다. 첫 번째로 사람의
본질은 절대 변하지 않는다. 두 번째로 사람의 장점과 단
점은 같은 곳에서 기인한다. 하나의 원천에서 밝음과 어
두움이 같이 꽃을 피기에, 어두움을 이해하지 못한다면
밝음 또한 진정으로 이해할 수가 없다. 그러하기에 사랑
하는 사람을 온전히 이해하려면 그녀의 가장 어두운 부분
을 받아들일 수 있어야 한다.

그래서 나는 얘기하고 싶다. 한 번쯤은 화장을 지우고, 가
면을 벗고, 자기 본연의 모습으로 있는 그대로의 자신을
드러낸 채 서로에게 다가서보자. 사랑한다면, 더 깊어지
기 전에 서로 어둠의 궁합을 한번 맞춰보자. 이 과정이 빠
를수록 서로에 대한 이해도 깊어지며 사랑도 진실해진다.
하지만 이 궁합이 맞지 않다면, 우리는 힘든 사랑을 하게
되거나 슬프지만 서로의 행복을 위해 다른 사랑을 준비해
야 할지도 모른다.

내게 새로운 세상을 알려준 사람이자
내 평생의 반려인, 모리.
우린 참 좋은 팀이야.
근데 넌 도대체 어느 별에서 왔니?

이 글을 읽고 나서야 나는 그의 진심을 제대로 이해할 수 있었다. 적어도 누군가를 만날 때, 그 사람의 빛나는 부분만 유심히 보지 않는 사람이라는 것. 상대의 어두운 면모마저 이해하려는 자세를 가진 사람이라는 것. 다만, 그런 마음과 생각을 전달하는 방식이 다소 직설적이어서 내가 놀라고 상처받았을 뿐이었다.

이윽고 상처받은 마음은 사르르 녹아 사라지고 이 '이상한 남자'를 믿어도 괜찮겠다는 확신이 들고 말았다. 정신머리가 제대로 박혀 있는 것 같긴 한데, 말은 표독스럽게(적어도 나는 그렇게 들렸다) 하는 이 남자가 여전히 이상해 보였지만, 그날 이후로 나는 모리가 주장하는 가치관을 그러려니 하고 받아들이고 만나보기로 마음먹었던 것 같다. 그렇게 300일의 위기를 거친 뒤, 우리는 더욱 단단해진 마음으로 만남을 이어 갔다.

사랑하는 연인이 함께하는 방식에
정해진 순서는 없다

　300일 기념일에 받은 폭탄 같은 선언 이후로 나는 모리의 급진적인 연애 가치관을 받아들였다. 그리고 우리는 만난지 3년 차에 접어들었을 무렵, 모리에겐 궁궐이었고 내 눈에는 '상그지' 같았던 옥탑방의 계약이 끝나며 이사를 하게 됐다. 앞서도 이야기했지만 이사 하던 날 이삿짐을 날라놓고 이사를 기념해서 술을 거나하게 한잔하고 올라오는 길에 모리는 이사 가게 된 봉천동 집에 들어와 같이 살자고 제안했다. 당시 나는 몰랐는데 훗날 모리의 설명에 따르면 그때 모리는 내게 프러포즈를 했던 거라고 한다. 도대체 저만 혼자 알면 뭐 하자는 건가 싶다.

　30대 초반의 여자가 남자 친구로부터 동거 제안을 받고 그 제안을 수락하는 순간, 이후에 펼쳐질 시나리오는 크게 두 가지다.

1. 두 사람이 사이좋게 잘 살다가 결혼한다.
2. 동거라는 경험만 남긴 채 언젠가 헤어진다.

만일 2번의 시나리오로 두 사람의 관계가 끝난다면 여자는 또 한 번 선택의 순간을 겪게 된다.

1. (결혼으로 마무리되지 않은) 동거 경험을 내내 쪽팔려 할 것인가?
2. 별일 아니라는 듯 신경 쓰지 않을 것인가?

사실 그의 동거 제안을 선뜻 받아들이는 것이 쉬운 선택은 아니었다. 과거에 만났던 전 남자 친구들을 떠올려보면 한둘을 빼고는 죄다 쓰레기, 쭉정이 같은 새끼들뿐이었다. 냉정한 기준을 가지고 상대가 좋은 사람인지를 분간했어야 했는데 내 안에 애정 결핍이 있는 채로 누군가를 만나다 보니 나 스스로가 먼저 상대의 행동을 합리화해주고 변호하기에 바빴다.
그 결과, 인성이 그다지 좋지 않은 사람들조차 이해하려고 애썼다. 그러니 끝이 좋지 않았던 적도 많았다. 그렇게 사람 분간할 줄 모르던 내가 누군가에게 내 인생을 포개어 얹을 생각을 하니 덜컥 겁이 났다. 혹 이 관계가 예전 관계들처럼 좋지 않게 끝난다면… 이건 좀 후폭풍이 '쎄게' 오겠구나 싶어서.

하지만 나는 '이경훈'이라는 사람과 내가 함께 보낸 지난 시간과 그 시간 동안 그가 내게 보여준 모습들에 앞으로의 미래를 걸어보기로 했다. 이런 선택엔 내 성향도 한몫했다. 나는 남들이 나를 어떻게 평가하는지에 대해 관심이 아예 없고, 내 판단대로 사는 사람이다. 또한, 나는 늘 현재에 만족하며 사는 사람이다. 그랬기에 3년여 동안 연애한 이 남자가 적어도 사기꾼은 아니라는 것은 일단 분명히 알았다. 다만, 공감 능력이 좀 모자라서 그렇지(?!), 인성이 바르다는 것은 알았기 때문에 그의 제안이 나쁘지 않았다. 평생을 함께 의지하며 살았던 여동생이 먼 나라로 워킹홀리데이를 떠나 심적으로 무척 외로웠던 것도 그런 선택을 거들었다. 그렇게 나는 '난 너랑 결혼은 안 할 거다'라고 말하는 남자를 있는 그대로 받아들였고, 그와 한 지붕 생활을 시작했다.

동거와 결혼의 경계가 점차 옅어지다

함께 살다 보면 그 사람의 가치관에 동화되어가는 것일까? 모리와 함께 사는 시간이 길어질수록 결혼과 사랑에 대한 나의 생각도 시나브로 바뀌어갔다.

'동거와 결혼이 다른 점이 도대체 뭐지…?'

'결혼을 했어도 우리의 하루는 지금과 같을 텐데…'

'동거를 하나 결혼을 하나 서로를 향한 마음이나 삶의 태도는 매한가지일 텐데'라는 생각이 점차 들면서 '결혼은 사회적으로 만들어둔 체제일 뿐, 우리 스스로의 마음가짐이 가장 중요하다'던 그의 생각에 동조되어갔다.

모리와 함께 보낸 첫해에는 '내가 이 집에서 너라는 사람과 얼마나 같이 지낼 수 있을까' 넌지시 걱정하던 마음이 동거 2년 차에 접어들자 점차 안정감으로, 그리고 3년 차에는 서로가 가족이라는 생각으로 편안하게 바뀌어나갔다. 그렇게 결혼과 동거의 경계가 허물어진 듯했다. 그러면서도 우리는 서로의 가족에 대한 선은 은연중에 잘 지켜나갔다. 말하고 보니 결혼과 동거의 차이를 이렇게 이야기할 수도 있겠다. 결혼은 양가 가족들에게까지 마음과 시간이 쓰이는 것이고, 동거는 우리 둘 사이의 울타리만 지켜나가면 되는 관계라고. 그 정도의 차이가 아닐까?

모리와 동거를 하며 나는 든든함이라는 심리적 자산을 얻었다. 나는 낯을 가리지 않고 어떤 누구와도 친해질 수 있었지만, 놀랍게도 친구들과 깊은 관계를 맺으며 두루두루 사귀지는 못하는 성격이었다. 이 사실을 알기까지 30년쯤 걸렸다. 사람을 굉장히 좋아하는데도 불구하고 왜 그것이 나에게 어려운 일인가 생각해보니 다음과 같은 결론에 이르렀다.

나는 정이 많고 한번 마음을 주면 내가 손해를 보더라도 물심양면으로 상대에게 헌신하는 타입이다. 그러다 보니 그로 인한 좋은 점도 있지만, 상대에게 상처를 받는 일도 적지 않다. 다른 사람은 내 마음의 크기만큼 나를 받아들이지 않고 있는데, 그걸 모르고 계속 내 스타일대로 상대를 대하는 탓에 상대방이 부담을 느끼거나 불편해하는 경우도 생기곤 했다. 물론 나를 잘 아는 가까운 친구들은 그런 내 모습조차 해맑고 귀엽게 봐주지만, 사회생활을 하며 만나는 관계에서는 마음의 크기가 달라 생기는 오해와 어색함을 피할 수 없을 때가 종종 있었다. 하지만 머리로는 그런 상황을 이해해도 가슴으로는 마음 한 편에 찬바람이 쌩하고 지나가는 걸 외면할 순 없었다.

그런 차가운 순간들을 모리를 만나면서 덜 느끼게 됐다. 누가 뭐라 해도 이 사람 하나만은 온전한 내 편이라는 감각 때문이었다. 언젠가 가까운 친구와 사이가 틀어져 시무룩해진 나를 보며 모리가 말했다. 이 세상에 의지할 사람은 우리 둘뿐이니 인간관계에 너무 상처받지 말라고. 관계의 상처로 인한 마음을 잘 흘러가게 두라고. 자신이 곁에 언제까지나 든든히 서 있을 거라고. 말로는 나와 결혼하지 않겠다고 선언했지만, 그 누구보다 세상에서 나를 아껴주고 도닥여주는 모리는 이미 혈육 이상의 가족이었다. 인간관계의 비바람 속에서 내 편이라는 확실한 바위동굴이 내 인생에 생겼단 사실은 커다란 힘이었다.

동거 선택도 결혼 선택만큼 신중할 것

물론 동거를 무턱대고 찬양하는 것은 아니다. 아직까지도 대한민국 사회에서 동거를 바라보는 시선, 특히 여자가 동거를 한다고 밝혔을 때 이를 편견 어린 눈으로 바라보는 관점은 여전히 존재한다. 연애도, 동거도, 사랑도 모두 두 사람이 함께하는 일인데, 도덕적인 잣대로 평가당하는 것은 왜 언제나 여성인 걸까? 조금씩 나아져간다고는 하지만 여전히 이런 사회적 상황이 마뜩치 않다. 하지만 이런 현실을 제대로 인식해야 여성들이 자신을 보호할 방책을 구사할 수 있는 게 사실이다.

쉽게 말해 연애의 실패만큼이나 동거의 실패 확률도 분

명 존재하므로 동거를 결정했다면 상대방과 결혼 생활을 한다는 마음가짐으로 신중해야 한다. 가볍고 얕은 정신머리로 동거 결정을 하지는 않았으면 한다는 것이다. 이런 관점에서 적어도 20대 시절에는 동거를 결정하진 않았으면 한다. 20대 때는 비록 법적으로 성인이라고는 하지만 여전히 사춘기 시절의 폭풍 같은 열정이 몰아치는 나이다. 불같은 사랑에 눈멀기 딱 좋은 때라는 말씀.

그러니 연애는 뜨겁고 요란하게 하더라도 살림을 합치는 것은 신중하게 판단했으면 한다. 결혼을 했다가도 쉽게 이혼할 수 있는 시절이다. 하물며 동거를 했다가 헤어지기는 더 쉬운 법. 동거를 하기 전, 살림을 합치기로 했던 결심을 얼마나 지켜낼 수 있는지 잘 생각해보라고 말하고 싶다. 이미 결혼한 부부도 둘 사이의 관계를 지켜나가기 위해서 피 터지게 노력한다. 그만큼 동거인들도 서로 노력해나가야 하는 부분이 있다는 것을 기억하자.

그렇다고 해서 내가 보수적인 사람이라고 생각하지 말기를. 나는 훗날 자식이 결혼하고 싶은 상대가 생겼다고 이야기를 한다면, 서른이 넘었다는 전제하에 상대와 최소한 반년은 살아보라고 강력하게 추천할 생각이다. 우리나 100세 시대지 우리 아이들 세대는 150세 시대다. 서른 살 무렵에 만난 사람과 이별하지 않고 평생 가족처럼 살기로 결정했다면 그이와 최소 70년은 해로해야 한다. 그렇게나 긴 인생을 함께 할 사람을 검증의 시간도 거치지 않고 바로 결혼하기로 결정하는 것은 도박이나 다름없다.

나는 유튜브 영상에서 종종 "모리 아재는 앞으로도 피터팬이 되세요"라고 말하는데, 그건 '당신이 어떤 일을 결정하든 간에 무한한 지지를 하겠다'라는 인생 파트너로서의 표현이다. 나는 모리에게 언제나 얼마든지 하고 싶은 모든 사업은 다 해보라고 한다. 시어머님이 아시면 펄쩍 뛰실 이야기이긴 하지만 "오빠, 하고 싶은 건 다 해"라고 부추기는 와이프가 바로 나다. 나는 얼마든지 내가 모리를 서포트를 해줄 자신도 있고, 설령 우리가 열심히 달려보다가 폭삭 망해서 무일푼이 된다고 해도 편의점 알바라도 해서 당장 배 곯지 않도록 밥값 정도는 금세 벌어다 줄 수 있다고도 말한다. 하다못해 우리 둘이 세상에 나가면 뭘 못하겠느냐고, 지금 하고 싶은 건 미루지 말고 다 하라고 부추긴다. 그래서 나는 모리가 갖고 싶어 하던 테라스도 만들어주고, 폴딩 도어도 달아주고, 마이너스 통장이라고 해도 700만 원짜리 화목난로 사는 것도 말리지 않는다(물론 잔소리는 좀 한다).

이런 와이프라면 남편 입장에서 세상에 가장 좋은 팀이 생긴 것 같지 않을까? 부부가 서로에게 그런 한 팀이 되어줄 수 있을 때 인생살이가 재밌어진다고 생각한다. 모리는 지금도 우리 집에 찾아오는 미혼의 동생들을 보면 이렇게 말한다. 인생에 한 번뿐인 배우자를 사랑만으로 결정한다는 것은 미친 짓이 아니냐고, 단 한 번 고를 수 있는 카드를 그렇게 소비하면 안 된다고 늘 힘주어 조언한다. 그러니 인생의 반려자를 고를 때는 서로의 인생을 얼마나 지지해주고 시너지가 되어줄 수 있는지, 상대가 나와 멋진 한 팀을 이루어나갈 수 있는지 알아갈 수 있는 시간을 충분히 갖는 게 좋지 않을까? 사랑하는 사람 둘이 함께하는 방식에는 정해진 순서가 없다. 그러니 사귀는 사이에서 곧장 결혼으로 직행하기보다 그 사이에 함께 살아보는 시간을 가져보면 어떨까? 나는 그것이 21세기 신인류에게 더 적합한 사랑법이 아닐까 생각한다.

'어른들의 동거 라이프'에는
허락이 필요 없다

동거를 결정하고 나서 얼마 후, 모리는 부모님에게 여자 친구와 한집에서 살겠다고 이야기했다. 아니 이미 함께 살기 시작했다고 소식을 공유했다. 좋게 말해서 공유이지, 부모님 입장에서는 거의 통보였다. 두 분은 그때까지 모리에게 여자 친구가 있는 줄도 모르고 계셨으니 말이다. 평소 모리의 스타일상 허락을 구하는 수순이라기보다는 자신의 변화된 일상을 부모님에게 알리는 것 그 이상도 이하도 아니었다. 모리 입장에서는 사랑하는 두 명의 성인이 함께 사는 것은 결코 부모님의 허락을 받아야 하는 일 축에 끼지 못했다. 나중에 안 사실이지만 70대의 노부부는 아들의 새로운 집에 초대받아 가는 길에 이런 대화를 나누셨다고 한다.

"여보, 만약에… 혹시나… 경훈이 여자 친구가 초록 머리를 하고 있거나, 문신이 좀 많거나, 피어싱을 많이 했더라도 우리 앞에서 놀라는 모습 보여주지 말고 환영해주고 옵시다."

"그래요… 암, 그래야죠. 흐음…"

'어동이네 라이프'를 대하는 양가 어른들의 온도 차이

하지만 오는 길에 하셨던 걱정이 무색하게 두 분은 나를 만나고 나서 안도하는 마음이 드셨다고 했다. 당시 내가 초등학교에서 미술 선생님으로 일하고 있었던 것도 두 분에게 좋은 인상을 얻는 데 큰 도움이 됐다. 그렇지만 나의 직업이나 겉으로 보이는 차림새보다 더 중요하게 작용했던 것은 모리의 부모님께서 애초부터 넓은 관용과 포용력을 지닌 분들이라는 점이었다. 자기 자식과 결혼도 하기 전에 대뜸 동거부터 시작한 사람을 긍정적인 시선으로 받아들여주는 어른이 세상에 과연 얼마나 있을까? 두 분은 나와 모리가 먼저 이야기를 꺼내기 전까지 나의 성장 배경이나 집안에 대해 먼저 묻지 않으셨다. 오픈 마인드의 끝을 달리는 두 분 덕분에 모리와 나의 동거는 누구나 할 수 있는 자연스러운 선택으로 여겨졌다.

이렇게 첫 만남에서 호감 지수를 잔뜩 쌓은 덕분에 그날

아버님께서는 저녁 식사 자리에서 나를 이 집의 막내며느리로 맞이한다고 선언하셨다. 오히려 아버님의 발언에 정색하고 선을 그은 것은 다름 아닌 모리였다. 모리는 우리가 아직 결혼한 사이가 아니기 때문에 그렇게 관계를 규정해서는 안 된다고 말했다. 나는 이제 그 말이 어떤 뜻인지를 깊이 이해하기 때문에 300일 기념일 때처럼 서운하지 않았다.

모리는 내가 자기 집안의 막내며느리로 규정됨으로써 명절이나 집안 경조사를 의식하고 신경을 쓰는 것을 경계했다. 더욱 긴 안목으로 우리의 관계를 잘 이어나가려면 일찌감치 의무와 부담을 지우기보다는 적절한 거리를 가져야 한다고 생각했던 것이다. 또한, 이 무렵에도 여전히 모리는 '결혼' 또는 '혼인신고'와 같은 제도적인 테두리에 우리의 관계를 가두고 싶어 하지 않았다. 무엇보다 모리는 결혼을 계기로 내가 지나치게 자신에게 의존하는 사람이 되는 것을 원치 않았다. 자신의 두 다리로 온전히 선 두 사람이 동등하게 함께 발 맞춰 살아나가는 것. 그럼으로써 서로의 건강한 거리가 지켜지는 것. 그것이 모리가 생각하는 이상적인 연인, 부부의 모습이었다. 그는 늘 내게 주체적으로 살아야만 행복을 얻을 수 있다고 말했다. 그리고 그와 오랜 기간 함께하며 나는 그의 이런 생각에 자연스럽게 물들어갔다. '어른들의 동거 라이프'가 지금까지 순항할 수 있었던 배경이다.

모리의 부모님께는 이렇게 인사를 드리고 나의 존재를 소개했지만, 우리 집 사정은 달랐다. 나는 동거를 결정한 뒤 아빠에게 전화를 걸어 2년여 동안 사귄 남자 친구와 함께 살겠다고 이야기하며 두 사람이 만날 수 있는 자리를 마련하겠다고 했다. 하지만 아빠의 반응은 냉랭했다. 일이 바빠서 시간을 내기가 어렵다고 말씀하셨지만, 그때 이후로 2~3년 동안 아빠는 내가 모리와 함께 사는 집에 오지 않으셨다. 아주 뒤늦게 혼인신고를 한 뒤에야 아빠에게 들은 이야기인데, 당시 아빠는 사실 화가 너무 많이 나서 모리를 마주하고 싶지 않으셨다고 고백했다.

'선 결혼 후 상견례' 들어보셨나요?

그런 아빠를 이해하지 못했던 건 아니다. 오히려 그런 모습이 더 일반적인 대한민국 부모님들의 모습일 테니까. 다만 한 가지 안타까움은 있었다. 차라리 화가 나셨으면 그 화를 표현하시지. 나는 당시에 정말 아빠가 바쁘다고만 치부하고 아빠의 깊은 마음을 들여다볼 생각은 하지 못했다. 무심한 딸이었다. 나는 아빠의 속을 헤아리지는 못했을지언정 내가 성실하고 열심히 사는 모습, 모리와 나답게 잘 살아가는 모습으로 아빠에게 내 선택을 증명해보이고자 했다. 우리 부녀는 오랜 세월 동안 서로의 선택을 부정하거나 탓하는 대신 묵묵히 바라보며 시간의 힘을 믿는 쪽을 선택해왔었다.

시간이 흘러 5년 동안 이어진 동거의 종지부를 찍는 일이 생겼다. 2021년 12월, 여느 크리스마스 때처럼 단란한 저녁 식사를 하던 중 모리가 서프라이즈 프러포즈를 한 것이다. 프러포즈가 있고 나서 얼마 뒤 모리와 나는 혼인신고도 마쳤다. 혼인신고를 마치고 돌아온 날, 나는 아빠에게 사진을 찍어 보내며 기쁜 소식을 전했다. 그날 저녁 얼큰하게 술에 취한 아빠가 전화를 걸어오셨다. 수화기 너머로 아빠는 오늘 너무 기분이 좋은 나머지 친구들에게 술과 고기를 샀다며 허허 너털웃음을 지으셨다.

"딸, 그 작은 도장이 찍힌 종이가 뭐라고 이렇게 여러 사람을 울리고 웃게 하는지 모르겠다. 너무 축하하고, 아빠는 정말 기쁘다."

아빠가 전하는 안도와 축하의 메시지에 코끝이 찡해왔다. 그동안 딸을 바라보며 하셨을 걱정들이 새삼 헤아려져서.

그런데 정말 재미있는 사실이 하나 더 남아 있다. 우리가 혼인신고까지 마치고 법적인 부부가 된 후에도 한동안 양가 부모님이 서로 만난 적이 한 번도 없다는 사실이다. 물론 모리와 내가 운영하는 유튜브 채널 덕분에 양가 부모님들은 우리가 혼인신고를 하기 전에도 서로의 모습을 화면을 통해 알고 계시긴 하셨다. 그리고 드디어 양가 부모님들이 오프라인에서 상견례를 하는 날이 찾아왔다. 늘 틀과 선을 벗어나는 선택을 즐기는 우리는 그동안 앞으로 하게 될 상견례를 두고 재미있는 상상을 펼쳤었다.

호젓한 한식당, 말쑥한 정장 차림, 어색한 기류 같은 것들이 떠오르는 상견례는 절대 사절이었다. 상견례는 두 집안이 만나는 자리인 만큼 인생의 몇 안 되는 이벤트다. 이런 중요한 일을 남들이 하는 방식대로, 관례를 따라서 진행하기는 참 아깝다. 내 인생의 잔치에서 잔치를 여는 주체는 온전히 내가 되어야 하는 법. 모리와 나는 판에 박히지 않는 상견례 자리를 꿈꿨다. 나중에 시간이 흘러 상견례 자리를 촬영한 영상을 되돌려봤을 때, '두 가족이 하나가 되던 자리가 이렇게나 특별했었지' 하며 아름답게 추억할 수 있도록.

우리는 상견례를 집에서 했다. 모리가 두 팔 걷어붙이고 식은땀을 뻘뻘 흘려가며 음식을 준비했다. 나는 '어동이네 성과 발표회'라고 적은 플래카드를 출력하고 양가 부모님들이 달고 계실 명찰도 마련해두었다. 자녀가 동거를 하고 혼인신고까지 해놓고도 7년 만에야 만나게 된 양가 부모님들은 설렘 반 기대 반으로 우리 집으로 속속 도착하셨다.

우리가 유튜브 크리에이터의 삶을 살고 있는 덕택에 양

가 부모님들은 그동안 만난 적은 없으셨지만 영상을 통해 서로에게 내적 친밀감이 있으셨다. 양가 부모님들은 첫눈에 서로를 알아보고 얼싸안으셨다. 특히 딸 가진 아버지여서 그러셨는지 모르겠지만, 우리 아빠는 그동안 더 빨리 사돈댁에 인사를 드려야 했는데 그러지 못한 것 같아 송구하다며 마음 불편해하셨었다. 그랬던 아빠가 상견례 이후로 허심탄회하게 웃으시는 모습을 보면서 나는 큰 숙제를 해결한 것 같았다.

양가 부모님들을 음식을 차려둔 자리에 모시고 난 뒤 모리는 빔프로젝트를 켰다. 그리고 우리가 만난 시점부터 지금까지 우리의 시너지 효과로 인해 탄생한 그동안의 성과들을 차례로 발표했다. 동거, 테라스 하우스 인테리어, 유튜브 채널 운영, 연이은 사업들로 달성한 매출, 그리고 새로 생긴 어동이네 2세 소식까지 모리와 내가 인생을 합치며 이룬 쾌거들을 자랑스럽게 발표하는 자리였다. 양가 부모님들로부터 충분히 많은 축하를 받았음은 물론이다. 양가 어르신들이 난생처음 만나시는 자리였지만, 우리 방식대로 치러낸 상견례는 이산가족을 만난 듯한 기쁨이 흘러넘치는 자리로 기억하게 됐다.

그 남자의
프러포즈

2017년 9월 9일. 지호를 만날 때 저는 저 자신을 이혼남이라고 소개했습니다. 오래 만났던 전 여자 친구와 결별하면서, 스스로를 이혼남이라고 생각했던 것 같습니다. 어찌 보면 그만큼 저한테는 '결혼'이라는 단어가 주는 의미가 크지 않았습니다. 왜 사람들은 사귐의 시작, 동거의 시작, 이런 것보다 행동의 변화도 없고 서로 간의 약속에도 큰 변화가 없으면서 사회적으로만 인정받는 '결혼'이라는 것에 가장 큰 의미를 두는지 사실 이해가 되지 않았습니다.

이혼남이라고 이야기를 시작한 이유가 또 하나 있었습니다. 저는 저 자신을 사랑하며, 이를 변화시키고 싶지가 않습니다. 하지만 누군가를 만나면 조금씩 상대방과 교류를 하게 되고 서로에게 맞춰가는 과정 속에서 자기도, 상대방도, 결국에는 다른 사람이 되는 경우를 너무나 많이 봤습니다. 그 과정이 행복으로 가는 길이라면 모르겠지만, 결국에는 둘 다 불행해지는 경우가 더 많다고 생각했습니다.

그래서 저는 초반에 강하게 '나는 이러이러한 사람이다'라고 자신을 어필함으로써 저를 있는 그대로 인정해줄 사람을 찾고 있었던 것 같습니다. 제가 보통 이야기하는 '어둠의 궁합'이 맞는 사람을 찾고 있었던 거죠. 그래서 누군가를 만나서 그렇게 저를 소개하면 처음에는 호기심을 가지고 접근하고 잘 만나왔지만, 그 이후에 제 결혼에 대한 가치관 등을 꺼내면 결국 다 헤어지게 되더군요. 그리고 저는 그러한 상황을 몇 년이고 자연스럽게 받아들였습니다. 누군가를 만나고 싶었지만 저 자신을 죽이면서까지 누군가를 만나고 싶었던 것은 아니었으니까요.

그러다 지호를 만났습니다. 지호 역시 그녀 나름의 서사가 있었습니다. 어찌 보면 저와는 반대에 위치한 사람이었습니다. 자아가 많이 흔들리는 시간을 지났던 아이였고, 타인에게 큰 영향을 받아 자아를 형성해온 친구였습니다. 그런 그녀가 안쓰럽기도 했던 한편, 우리의 궁합이 의외로 잘 맞을 수도 있겠다는 생각이 들었습니다. 내가 그녀를 인정하고 받아들이면, 그리고 그녀도 나를 인정하고 받아들일 수 있다면, 서로의 자아가 존재하면서도 우리라는 새로운 자아도 생길 수 있다는 확신이 들었습니다.

그렇게 오늘날까지 다다랐습니다. 그 과정에서 사업에 한 번 실패하여 보증금 500만 원짜리 옥탑방에 살던 저는 나름의 재기에 성공했습니다. 다시 일어서는 과정을 거치며 저는 우리의 시너지가 강력하다는 것을 확인했습니다. 상호 보완하는 관계가 우리의 인생을, 마음을, 일을 편하게 만들었습니다. '결혼'이라는 단어에 많은 의미를 부여하지는 않았지만, 그녀와 함께 살아나가는 상태를 계속 유지하고 싶다는 생각이 들었습니다.

그리고 프러포즈를 했습니다. 프러포즈를 하면서 저는 '사랑'이라는 단어를 단 한 번도 사용하지 않았습니다. 저는 사랑의 가치를 크게 믿지 않습니다. 불타오르는 감정은, 불타오르기에 또 그만큼 금방 꺼진다고 생각합니다. 사랑은 신뢰나 지속성과 상관이 없습니다. 저는 불타는 감정보다 인생을 함께 살아나가는 동반자로서의 가치가 더 중요하다고 생각합니다. 그리고 그 과정에서 서로가 행복하고 우리가 행복한 것이 가장 중요하다고 생각합니다.

마흔다섯의 나이에 저는 제 나름의 가정을 꾸려보기로 결심했습니다. 물론 결혼하기 전의 하루와 결혼한 후의 하루가 다르다고 생각하지는 않습니다. 그저 연속되는 삶에서 또 한 번의 새로운 하루가 지났다고 생각할 뿐이죠. 다만 앞으로도 쭉 이어질 제 삶이 이 결혼으로 인해서 조금이라도 더 아름다워지고 풍성해지기를 기대해봅니다. 그리고 제가 저로서 존재하고, 지호가 지호로서 존재하며 계속되는 미래를 맞이할 수 있기를 바라봅니다.

예상하지 못해 더욱 감동적이었던 모리의 깜짝 프러포즈

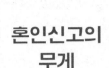

혼인신고의
무게

온 마음을 다해 나와 결혼할 결심으로 동거를 시작했다던 모리는 혼인신고를 앞두고 정말 웃기게도 메리지 블루를 '쎄게' 겪었다.

...?

어이가 없어서 나 원 참.

혼인신고를 하러 가던 날 아침, 모리의 표정이 약간 뾰로통했다. 나는 그 모습을 신경 쓰지 않은 채 구청으로 갔다. 이윽고 주차장에 차를 세우고 내리던 찰나, 공영주차장 관리자 아저씨께서 주차를 확인하려고 다가오시길래 신이 나서 밝은 목소리로 인사를 했다.

"안녕하세요! 저희 오늘 혼인신고 하러 왔어요!!"

나답게 헤벌쭉 웃으며 말하고 나니 좋은 일로 오셨다며 함께 웃어주는 아저씨 얼굴 뒤로 한껏 찡그린 모리 얼굴이 보였다.

"나는 그렇게 우리 일 모르는 사람한테 우리 이야기 난데없이 하는 거 싫어."

갑자기 정색하는 모리를 보니 당황스러웠다. 그제야 평소보다 많이 예민해 보이는 모습을 알아차리고 무슨 일이 있는가 싶었다. 알고 보니 모리는 기분이 한껏 예민하다 못해 우울했던 것이었다. 늘 결혼을 고민하는 후배들 앞에서 자신은 유부남이 아닌 동거남의 지위(?)를 유지하고 있다는 사실에 그간 알게 모르게 자부심이 있었던 것 같다. 그런데 그 지위를 오늘 공식적으로 내려놓아야 했기 때문에 우울했던 걸까?

하지만 나로서는 그런 모리가 약간 어이가 없었다. 모리가 어떤 사람이었는가? 혼인신고란 나라에서 정한 규칙에 따라 두 사람의 관계를 법적으로 인정받는 절차이자 일종의 세리머니일 뿐이니 서류에 도장을 찍는 것보다 당사자 둘의 의지가 더 중요하다고 그 누구보다 목청 높이던 이가 아닌가? 그랬던 모리였기에 막상 실제로 법적인 유부남이 되려고 하니 그동안 자기가 피력해왔던 가치관이 와르르 무너지는 것 같았나 보다. 나는 모리가 혼인신고서에 도장을 찍으며 쓸쓸해하던 눈빛을 분명히 봤다. 혼인신고를 하려고 하니 자기 인

생이 뻔해진 것 같아서 시무룩해진 걸까? 정말 웃기지도 않는
다 싶었다. 이제는 포기할 때도 된 것 같은데 말이다. 그런 모
리와 달리 나는 혼인신고를 마치고 나서 서류를 사진으로 찍
어 가족들에게도 공유하고, 정말 즐거운 마음으로 집에 돌아
왔다.

혼인신고 한 날, 싱크대 붙잡고 엉엉 운 사연

집에 돌아와서도 푹 꺼진 모리의 모습은 계속됐다. 혼인
신고를 하고 온 날, 분명히 모리의 마음속에 깊고 커다란 감
정이 '쾅!' 하고 치고 들어온 듯했다. 그 감정은 진정한 가장으
로 거듭났다는 부담감이었을까? 처음엔 조금 어이가 없었지
만 나는 모리가 보여준 그런 모습이 순수한 진심에서 비롯된
것이라는 걸, 그는 이 혼인신고를 두고 무척 진지한 마음이라
는 걸 알고 있었기에 그저 웃고 넘어갈 수 있었다. 역시 사람
은 자신이 그 입장이 되어봐야 안다니까.

한편, 방방 뛰며 혼인신고를 마음껏 기뻐하는 내 모습이
꼴 보기 싫었는지 모리는 집에 도착하고 나서 결국 내게 한마
디를 했다. 너는 뭐 하나에 꽂히면 그렇게 들떠서 감정이 확
가느냐고. 그런 게 정말 문제라고. 모리의 말에 '마상'을 입은

나는 혼인신고서에 도장 찍고 온 날 싱크대에 매달려서 엉엉 울었다. 모리는 곧바로 자기가 미친놈이었다고, 일주일 내내 내 꽁무니를 쫓아다니며 잘못했다고 빌었다는 후문.

이날 일은 지금 다시 생각해도 열받는다. 자기가 프러포 즈 해놓고서는 혼인신고 한 게 너무 좋아서 기뻐했더니 그걸 가지고 빼쪽하게 굴다니. 하지만 나름대로 그의 내면이 복잡 했으리라는 점을 나는 이해한다. 자유로운 영혼이었던 싱글남 이 처참하게 유부남이 되는 교통사고를 겪으며 지나간 과정 이었을 것이다. 그런 감정들을 귀엽고 어여쁘다고 이해해주고 잘 넘어가주는 것이 낯선 휴먼과 같이 살아가야 하는 또 다른 휴먼으로서의 너그럽고 자비로운 역할 아니겠는가. 난 역시

혼인신고 하던 날.
기억하기 쉽게
12월 25일로 날짜를 정했다.
우리는 생산성+효율을
극도로 중요시하는 부부니까.

좋은 마누라임이 틀림없다.

그놈의 도장 찍힌 서류 한 장이 뭐라고

희한하게도 도장 찍힌 서류 한 장이 뭐라고, 이전에는 느껴보지 못했던 안정감이 들었다. 법적으로 우리 두 사람의 관계를 인정받았다는 것, 서로의 배우자라는 자격이 법의 테두리 안에서 대내외적으로 공공연해진 것, 그런 것들이 이 사람과의 관계에서 나 자신을 당당하게 만들어주는 느낌이 분명히 있었다. 혼인신고를 한 기혼자 그룹 안에 들어서고 나니 굳이 그 법적인 테두리를 벗어나려고 애쓸 필요도 없고, 그것을 충분히 누리면 되는 일이었다는 점을 그제야 알게 됐다. 이래서 결혼하면 다들 안정적으로 변한다고 하는 거구나.

동거 생활과 결혼 생활을 둘 다 해본 입장에서 말하자면, 동거는 옥수수를 팝콘으로 팡팡 튀기는 팝콘 기계의 열기 같다면, 결혼은 뜨끈하게 뭉개고 있는 화롯대의 숯불 같다. 물론 앞으로 한 30년은 더 살아봐야 결혼이라는 것에 관해 제대로 논할 수 있겠으나 나처럼 동거에서 결혼으로 넘어온 경험이 있는 사람이라면 내가 지금 말하는 바가 어떤 느낌인지 공감할 것이다. 동거 생활은 동거 생활 나름의 세계가 있고, 결혼

생활은 인생을 아우르는 세계로서 펼쳐지는 세계관이 동거 생활과 사뭇 다르다. 두 생활 사이의 교집합과 미묘한 차이의 벽을 즐길 수 있다면 건강한 동거를 할 수 있을 것이다.

하지만 결혼을 목적으로 삼고 '어디 한번 내가 너를 (결혼 상대자로 적절한지) 재보겠다' 하는 마음가짐으로 동거를 시작한다면? 아마도 동거 생활을 하는 내내 자기만의 잣대를 세워 상대방을 끊임없이 평가하는 시선으로 바라보게 될 것이다. 평가를 당한다는 부담감을 서로에게 주지 않는 한도 내에서도 상대에게 충실하고 함께 행복할 수 있는지, 당장 결혼할 사이는 아니므로 인생을 더 이상 함께하지 못하게 될 수도 있다는 전제를 인정하면서도 한편으로는 지금 당장 함께하는 행복을 위해 자기 역할을 다 할 수 있는지를 생각하려면 동거하는 관계라고 해도 늘 노력해야 한다. 그렇게 동거라는 목적 안에서도 서로에게 (결혼 생활만큼이나) 똑같이 충실할 수 있을 때라야 그 다음 단계인 결혼을 계획하고 논할 수 있을 것이다. 그래야만 앞으로 우리네 긴 인생, 낯선 누군가와 함께 산다는 미션을 그나마 탄탄하게 수행할 수 있지 않을까?

'따로 또 같이'의
가치

'어동이네 라이프'를 누군가가 한마디로 정의해보라고 한다면 나는 '따로 또 같이'라고 대답할 것이다. 예전의 나라면 상상도 하지 못했을 말이다. 내 할 일은 똑 부러지게 하는 편이면서도 관계에서는 꽤 의존적이었던 나는 모리를 만나면서 참 많이 변했다. 그는 내게 혼자서 자립할 수 있는 마음을 꾸준히 심어줬다. 처음에는 껌 딱지처럼 사랑하는 사람과 붙어 있고 싶어 하는 내 마음을 그가 왜 그렇게 밀어내려는 것인지 도무지 이해할 수 없었다. 그런데 시간이 지남에 따라 그의 지혜로움이 오늘의 나를 자유롭게 했음을 실감한다.

우리는 함께 여행을 떠나기도 하지만 따로 자기만의 시간을 갖는 게 일상인 가족이다. 심지어 함께 여행을 떠난다고 해도 같은 날, 같은 비행기를 타고 동반 출국하거나 입국해야한다는 고정관념도 없다. 서로의 상황에 따라 유연하게 뭉쳤다가도 자유롭게 흩어질 수 있는 관계, 그렇다고 해도 불안해하지 않고 상대가 오롯이 내 편이라는 사실을 신뢰하는 관계여야만 더 길고 오래 지속될 수 있다고 믿는다.

가령, 업무차 가는 출장이 아니라 휴가를 목적으로 하는 여정이라면 모리가 일주일 정도 일찍 출국하고 나는 이어서 후발대로 출국한다. 내가 합류한 이후에는 3일 정도는 함께 시간을 보낸 다음, 모리가 먼저 한국으로 돌아오는 식이다. 그러고 나면 나는 또 며칠 전의 모리처럼 홀로 나만의 여행을 즐기다가 한국으로 천천히 귀국한다.

혼자 보내는 시간이 충만해야 함께하는 시간도 행복하다

홀로 했던 여행 중에 쌓은 생각과 마음가짐은 한국에 돌아와서 모리와 함께하는 시간을 더욱 돈독하게 만들어준다. 몇 해 전, 모리를 한국으로 돌려보내고 나 홀로 일본의 한 시골 마을에서 며칠간 묵었던 적이 있다. 일본은 마을 곳곳에 신당이 있다고 들었기에 나는 문득 소원을 빌고 싶어 그럴 만한 곳이 있는지 찾았다. 수소문 끝에 내가 머물렀던 지역에서 기차와 버스를 타고 꼬불꼬불한 산길을 한참 들어가면 영험한 바위 신당을 갈 수 있다는 사실을 알게 됐다. 때는 겨울이었기에 나는 하얗게 쌓인 눈밭을 헤치고 바위 신당이 있는 산사를 찾아갔다.

산사 한 귀퉁이에 놓인 바윗돌 근처에는 할머니들이 삼삼오오 모여서 소원을 빌고 계셨다. 할머니들은 내가 옆에서 일본말이 아닌 한국말로 혼잣말을 읊조리는 모습을 보며 호기심 어린 눈길로 쳐다보셨다. 나는 영어는 잘 못하지만 일본어는 유창했기에 할머니들의 시선을 느끼고는 일본말로 돈을 많이 벌게 해달라고 소원을 빌었다고 말씀드렸다. 할머니들은 내가 일본어로 의사소통이 된다는 것을 확인하시고는 이내 이렇게 축복해주셨다.

"여기는 현지인들도 잘 모르는 곳이지만 정말 영험한 곳이라우. 모든 소원을 들어주는 곳이니 아가씨의 소원도 이루어질 거야."

꽤 시간이 지난 일이기는 하지만 나는 지금도 종종 고요하고 깊은 산사에서 홀로 소원을 빌며 나와 우리의 삶이 내내 안녕하기를 바라던 그 시간이 떠오르곤 한다. 특히 모리와 내가 일궈가는 어동이네에 좋은 소식이 깃들 때마다 그때 내가 빌었던 소원이 하나둘씩 이루어지는 것은 아닐까 생각한다. '지금, 여기'에 서 있는 나 자신에게 온전히 집중하던 시간을 가짐으로써 내 삶, 그리고 우리의 삶을 한 발 물러나 돌아볼 수 있는 것. 그러한 삶의 태도를 알려준 모리에게 다시 한번 다정하게 감사 인사를 전하고 싶다.

아무리 사랑하는 사이라고 해도 누군가가 내 곁에 있으면 은연중에라도 마음과 신경이 쓰이기 마련이다. 그렇게 나도 모르게 쌓이는 피로감들이 어느 날 겉으로 표출되면 오히려 따로 떨어져 지내는 것보다 못한 상황이 연출되기도 한다. 그러므로 때로는 상대에게 나의 에너지와 시간을 쏟는 행위를 과감하게 멈춰보자. 그리고 그 시간을 나라는 존재로 100% 오롯이 채워보자. 타인에 대한 배려와 염려가 소거된 시간은 개운하고 온전한 자유를 가져다주므로. 철학자 쇼펜하우어도 '인간의 모든 고통은 혼자가 될 수 없다는 데서 온다'고 하지 않았던가.

어동이네를 이루는
털뭉치 가족들

앞에서도 여러 번 언급했지만 우리 집에는 모리와 나만 사는 것이 아니다. 어동이네는 남자 하나, 여자 하나, 고양이 두 마리(현미와 오곡이), 개 한 마리(누룩이)까지 도합 다섯 식구다. 슬픈 일이지만 때때로 가족 중에는 세상을 떠난 존재도 있기 마련인데, 지금은 우리 곁에 없는 나의 첫 번째 반려견 단추도 어동이네 구성원이었다.

가슴에 묻은 가족: 강아지 단추 이야기

단추와의 인연을 이야기하려면 20대 초반으로 시간을

거슬러 올라가야 한다. 당시 나는 미대에 입학했지만 집안 형편이 좋지 않아 1년간 휴학해야 했다. 학교를 가지 않는 동안 나는 돈을 벌어야 한다는 생각으로 똘똘 뭉쳐 있었다. 지금도 그런지는 잘 모르겠지만 내가 대학을 다니던 시절 미대생들의 단골 아르바이트 장소는 입시 미술학원이었다. 하지만 나란 여자는 늘 쉽고 일반적인 길은 선택하지 않았다. 내게는 내 마음이 흐르는 방향으로 행동하는 것이 중요했으므로. 내가 미술학원 대신 선택한 아르바이트 장소는 애견숍이었다.

내가 애견숍에서 일하기로 결정한 이유는 정말 단순했다. 강아지를 좋아하는데 키울 여력은 안 되니 아르바이트를 하면서 실컷 보자는 마음이었다. 열악한 환경의 강아지 농장에서 강아지들을 떼어다가 애견숍에서 판매하는 현실이 지금은 언론을 통해 대중들에게 널리 알려졌지만, 당시만 해도 귀여운 강아지들이 모두 천국 같은 가정집에서 오는 줄로만 알던 시대였다.

특히 내가 아르바이트를 했던 애견숍에서는 '티컵' 강아지만 취급했다. 티컵 강아지란 비정상적으로 작은 사이즈의 강아지를 일컫는 은어다. 이렇게 작은 강아지들은 왜소증을 앓거나 태생적으로 건강하지 않은 상태인 경우가 많았다. 2000년대 초반만 해도 소비자들이 그런 작아빠진 강아지에 열광했고, 티컵 강아지들만 불티나게 팔려나갔다. 티컵 강아지들은 작고 예쁠수록 비싼 값에 팔려나갔지만, 대부분은 건강하다고 말할 수 없는 불완전한 개체들이었다. 티컵 강아지를 사서 데리고 간 사람들은 그 녀석들을 키우게 됨으로써 자신들의 삶의 질이 낮아지리라는 사실은 몰랐을 것이다. 병원에 갈 일이 적은 건강한 개들, 정상적인 수명까지 살 수 있으리라 기대할 수 있고 좋은 체격을 가지고 태어난 건강한 개체들은 등한시되던, 반려동물에 대한 문화적 인식이 낮은 시대였다.

거기서 단추를 만났다. 애견숍에서 일한 지 3개월쯤 지났을 무렵, 계절은 여름에 접어들었다. 당시 치사율이 높았던 강아지 홍역이 애견숍을 휩쓸었다. 면역력이 약한 강아지들은 홍역에 걸리게 되면 거의 대부분 목숨을 잃었다. 그래서 홍역이 더 번지기 전에 내 원룸 자취방으로 손바닥만 한 강아지들을 대피시켜 보살피게 됐다. 이후 건강했던 두 마리의 강아지는 돌려보냈지만, 제일 비실비실하고 약했던 단추는 우리 집에 남게 됐다. 유행병이 애견숍에 또 번질까 봐 걱정했던 사장이 단추의 애견숍 반환을 거절했기 때문이다.

단추도 애견숍의 여느 강아지들처럼 출처를 모르는 강아지 공장에서 태어났다. 그러다 어미 젖을 떼기도 전에 경매장에서 팔려 애견숍까지 박스에 담겨 왔을 것이다. 매주 경매장을 다녀온 사장은 애견숍 한쪽에 너덧 개의 박스를 내려놓았다. 박스가 도착하면 나는 박스 안에 담긴 작은 강아지들이 갑갑할까 봐 박스를 얼른 열어젖히곤 했다. 그러던 어느 날 새로 들어온 박스를 열어보니 조금 살찐 병아리쯤 되려나 싶은 뽀얗고 작은 털덩어리가 앙앙 대고 있었다. 그 순간 휴대폰만 한 작은 녀석이 줌인이 되어 내 눈에 쏘옥 크게 들어왔다. 처음에는 그 느낌이 뭔지 몰라서 그 강아지를 철장 안에 넣어두고 지나쳤다. 그런데 나이를 먹고 그때의 기억을 되돌아보니 마치 지금 내가 사는 집을 보러 처음 들어섰을 때 느꼈던 첫 느낌과 비슷했다. 아무래도 그 강아지와 인연이 될 사이였음을 내 직감은 미리 알아차렸던 걸까?

애견숍에서 일한 덕분에 단추와 인연을 맺게 됐지만, 애견숍 아르바이트는 내게 커다란 트라우마를 남겼다. 애견숍 사장이 홍역에 걸린 강아지들은 치료해주는 것이 아니라 경매장 박스에 다시 넣고 창고에 처박는 모습을 목격했기 때문이다. 안락사 주사를 놓는 것도 아까우니 알아서 죽으라는 것이었다. 자신의 생명이 이대로 끝나리라는 것을 예감한 강아지의 울부짖는 소리가 콘서트장 스피커에서 터져 나오는 소리처럼 크게 내 귀에 내리꽂혔다. 그런 일이 이쪽 세계에서 꽤나 비일비재했다. 강압적인 사장으로부터 내가 할 수 있는 일은 딱히 없었다. 경험이나 지식이 없던 스무 살짜리 빙다리 핫바지 같았던 알바생은 그 녀석을 꺼내면 다른 녀석들에게 홍

작디작던 우리 단추는 내게
생명의 소중함과 돌봄의 의미를 가르쳐주고
떠난 존재였다.

역을 옮겨서 남은 강아지들마저 다 죽을 거라는 사장의 말에 벌벌 떨기만 할 뿐, 할 수 있는 게 없어 두려웠다. 창고 안에서 들리는 강아지의 비명 소리는 차차 잦아들었고 3일째가 되자 아무 소리도 들리지 않았다.

　나는 그날로 뒤도 돌아보지 않고 그 지옥을 뛰쳐나왔다. 이때 죽어가는 생명들을 내가 적극적으로 구해내지 못했다는 죄책감에 지금도 간혹 길을 가다가 절이 눈에 들어오면 발길을 돌려서 기도를 올리고 오기도 한다. 그때 구조를 놓쳤던 생명들에게 미안해서 앞으로 내 인생에서 나와 연이 닿는 동물들은 반드시 책임지리라 다짐했던 나의 스무 살 시절 기억 때문에. 이후 우리 집에 남겨진, 고작 300그램쯤 나가던 작은 강아지는 평생 동안 병을 앓고 병원을 전전했지만 나와 15년을 같이 살게 됐다.

　단추는 내가 스무 살부터 서른다섯 살이 될 때까지 자그마치 15년 동안 내가 애착했던 대상이자 정성을 다해 돌본 존재다. 미대 학부 시절에는 과제로 단추를 그린 그림을 자주 제출하기도 했다. 단추를 키우게 된 직후에 동물병원에 가서 진단해보니 단추는 뇌수두증이라는 유전병을 가지고 태어난 강아지였다. 여덟 살이 되던 해에는 급성 디스크까지 겪으며 제대로 걷지도 못하게 됐다. 이후 여러 재활 과정을 거친 끝에 3년이 지나고 나서야 서투른 걸음이나마 회복했다. 내가

20~30대 시절에 그토록 치열하게 일하고 돈을 벌려고 했던 것은 나를 스스로 먹여 살려야 했던 이유도 있었지만, 내게 다가온 작은 생명을 최선을 다해 돌봐야 했기 때문이다. 단추는 내게 생명에 대한 책임감과 돌봄의 가치를 어린 나에게 가르쳐준 존재였다.

이렇게 사랑스러운 냥자매를 봤냥
: '곡물 자매' 현미와 오곡이 이야기

내게 단추라는 반려견이 있었다면, 모리는 '냥집사'가 되기를 선택한 남자였다. 모리의 말에 따르면 사람에게 인격이란 게 있듯 고양이들에게는 '묘격'이 있다고 한다. 사람의 인격이 다양한 만큼 세상에 똑같은 고양이는 단 한 마리도 없다나. 본래 모리는 자신의 드림 하우스에서 골든 리트리버 같은 커다란 강아지를 키우는 것이 로망이라고 공공연히 말하던 사람이다. 하지만 그는 사실 오래전 고양이를 키워본 경험도 있는 데다 '묘연'을 강하게 믿는 본투비 애묘인이다.

모리는 유기된 고양이 자매를 우연한 경로로 알게 된 후 강한 끌림에 의해 이들을 입양하기로 결심했다. 고양이들은 본래 경계심이 강해서 환경이 바뀌면 어두운 곳에 숨어 주변

똘똘하고 사랑스러운 곡물 자매냥
현미(위)와 오곡이(아래)

을 탐색하는 기간을 갖기 마련인데, 이 똥꼬발랄한 고양이 자매들은 누구 하나 주저하지 않고 모리네 집에 온 첫날부터 화장실도 잘 가리고, 밥도 잘 먹고, 심지어 발라당 누워 배도 보여주는 등 100% 적응력을 보여줬다고 한다.

고양이 커뮤니티에서 '현미'와 '오곡이'라는 구수하고 영양 만점(?!)인 이름을 선물로 받은 두 마리의 고양이를 우리는 늘 '곡물 자매'라고 부른다. 모리는 첫 번째 어동테라스 하우스의 집 안 곳곳에 캣타워와 캣워크를 아낌없이 설치하고, 두 번째 어동테라스 하우스의 경우에는 방문마다 캣도어를 뚫을 만큼 고양이들의 주거 복지에 큰 관심을 기울였다.

모리와 내가 동거를 시작하면서 현미와 오곡이는 종이 다른 단추와 함께 어울려 살아야 했는데, 우리의 우려와는 달리 두 마리의 고양이와 한 마리의 강아지는 다행스럽게도 서로 적당한 거리와 무관심을 바탕으로 잘 지내주었다. 하지만 이후에 들어온 새 식구는 사정이 전혀 달랐다. 새 식구는 모리와 내가 애착을 가졌던 우리의 첫 집을 한 방에 포기하게 만들 정도로 존재감이 강력했다.

언제나 기운 넘치는 우리 집 에너자이저
: 보더콜리 누룩이 이야기

단추를 떠나보내고 난 뒤, 나는 깊은 우울 증세를 보였다. 선천성 유전병이 있는 강아지를 15년 동안 애지중지 키우면서 내가 할 수 있는 최선을 다했기에 단추의 죽음이 당연히 가슴 아팠지만 한편으로는 여한이 없기도 했다. 하지만 긴 세월을 함께한 생명의 부재는 몸과 마음에 깊은 상처였다. 시도 때도 없이 눈물이 나서 밥을 먹다가도 갑자기 오열하는 일상이 이어졌다. 그런 내게 모리가 새로운 강아지를 입양해볼 것을 권했다. 이놈의 남정네가 미쳤나. 벼락 맞을 소리를 들으니 가슴이 답답해졌다. 이제야 겨우 졸업을 했는데 또다시 새로운 생명의 한평생을 책임지라니. 나는 모리의 제안에 바로 반대했다. 하지만 모리는 다시 이렇게 말했다.

"지호 너는 사랑을 쏟아부을 대상이 필요해. 내가 줄 수 있는 사랑과는 별개로 강아지를 키우다 보면 애지중지하는 정서도 채워질 거야. 그리고 똑똑한 보더콜리를 키우면 우리 라이프도 풍성해질 것 같지 않아?"

아이고, 미친놈. 그때 내가 제대로 말렸어야 했는데. 하지만 인간은 망각의 동물. 내가 혼자 사는 상황이었다면 새로 반려견을 들이는 일이 힘들었겠지만, 모리랑 함께라면 가능할

지칠 줄 모르는 우리 집 에너자이저,
누룩이

것도 같았다. 결국 설득당한 것이다. 당시 상황을 더 구체적으로 말하자면, 모리는 새로운 반려견을 들이는 일을 내가 강경하게 반대하자 이런 말까지 하며 나를 꼬셨다.

"원래 이혼한 남녀가 살림을 합치면, 각자 자식이 있어도 함께 키울 자식을 낳는다잖아? 우리도 같이 입양할 자식이 있으면 얼마나 좋아?"

모리가 날 설득한답시고 했던 이 말을 다시 떠올리니 우리 시어머님이 들으시면 또 헛소리한다고, 고구마 드신 거 같다며 가슴을 치실 게 눈에 선하다. 하지만 결과적으로 나는 모리의 말에 설득이 됐다. 그리고 기왕 키워야 한다면, 펄펄 날듯이 시원하게 뛰어다니는 개를 키우고 싶었다. 평생 뛰기는커녕 걷지도 못하던 개를 키우며 그 아이에게 너른 세상을 보여주지 못하고 키운 게 커다란 한이 되어서다. 그렇게 보더콜리 누룩이를 입양하게 됐다. '누룩이'라는 이름을 지어준 이유는 내가 유일하게 좋아하는 술이 막걸리라서 구수하게 누룩이라고 불렀다.

활동적인 강아지를 키우면 우리 일상도 더 활력 있어질 것 같았던 기대는 현실이 됐다. 누룩이는 빛의 속도로 성장하기 시작하더니 8개월을 지날 무렵부터 굉장한 활동성을 보였다. 그때부터 약 1년 6개월까지는 우리가 누룩이를 산책시키는 게 아니라 누룩이가 우리를 트레이닝 시키는 것만 같은 산

책이 이어졌다. 오죽하면 누룩이를 산책시키다가 지쳐서 울상이 된 나를 보고 또 다른 보더콜리 견주 분께서 지나가다 위로의 말을 건네셨을 정도다. 하지만 우리는 삶을 끊임없이 실용적인 방향으로 개조하는 사람들이었다. 그 점은 반려동물을 키울 때도 발휘됐다. 우리는 집과 애견공원 사이의 거리를 최단으로 단축해서 다니는 등 우리의 루틴에 맞춰 환경을 개선해나갔다. 그렇게 모두가 만족하는 삶을 살 수 있게 되자 누룩이와의 삶도 점차 안정되어갔다.

외로움보다 수발들기를 선택한 사람들

어릴 적 부모님과 함께 사는 삶이 평탄치 않아서였는지, 내게는 사람이든 동물이든 어떤 대상에게 애정을 쏟고 의지하고 싶어 하는 불안정한 애정 결핍이 있다. 이제는 그 에너지를 다른 방향으로 돌려서 쓰긴 하지만, 그럼에도 불구하고 이런 정서적 결핍은 여전히 내 내면에 존재하는 근본적인 심리다. 하지만 결핍을 꼭 부정적으로 볼 일은 아니다. 그런 정서적 결핍이 있었기에 나는 사람을 좋아할 수 있었고, 덕분에 모든 관계에서 신중한 마음으로 최선을 다할 수 있었다. 나의 순수하고 격의 없는 친밀감에 처음에는 낯설어하던 사람들도 시간이 지나고 나면 이내 긴장을 풀고 인간적인 시선으로 나를 봐주곤 했다. 모든 사람에게는 다양한 형태의 정서적 결핍이 있다. 그중 나는 애정 결핍이라는 카테고리에 속하는 사람일 뿐이다. 그 사실이 대단히 슬퍼할 일이 아니라는 것을 안다.

나는 내가 사랑과 관심을 받고 싶은 대상에게 그만큼 사랑을 표현했던 것 같다. 그중에서도 가장 애지중지했던 대상은 역시 작디작은 병아리만 했던 말티즈 단추였다. 오래전 단추와 함께 찍은 사진을 보니 사진 속 컴퓨터 모니터가 투박하고 덩치가 큰 박스형이다. 그걸 보니 세월이 어지간히 많이 지난 게 실감이 난다. 스무 살부터 서른다섯 살까지의 내 인생

중 가장 나를 투영해서 사랑했던 존재, 단추.

꼭 강아지가 아니더라도 반려 생명체를 키우는 사람이라면 그 특별함에 공감할 것이다. 이 녀석들이 나를 지옥에 떨어뜨린 천사 같은 놈들이라는 것을. 집에서 늘 나를 애타게 기다리는 존재가 있다는 사실은 내 마음이 평생 그 대상에 매여 산다는 것과 같다. 어디를 가든 걱정을 끊을 수 없는 것이다. 데이트를 하다가도 시간이 늦어지면 걱정되고, 누군가에게 맡기지 않는 한 여행을 떠나는 것도 불가능하다. 야근이라도 할 조짐이 보이면 큰일이다 싶다. 퇴근길 우리의 발걸음을 재촉해서 빚쟁이에게 쫓기는 듯한 마음으로 집에 빨려 들어가게 만드는 그런 녀석들.

그럼에도 왜 우리는 집에서 우리를 기다리는 존재를 늘 갈망하는 걸까? 인간은 혼자 살면 외롭다고 난리, 무언가를 키우면 거기에 매이게 된다고 야단이다. 차라리 애초에 키우질 말아야 팔자가 편한데. 혹여나 반려동물을 키웠어도 무지개 나라로 보내고 작별 인사를 했다면 이제는 그만 키워야 할 텐데. 하지만 앞서도 말했듯 인간은 망각의 동물이다. 나는 지인들이 강아지를 키우고 싶다고 말하면, 차라리 산책을 시키지 않아도 되는 식물이나 키우라고 말한다. 아니, 물조차도 가끔 줘도 되는 선인장을 키우라고 추천한다. 아니다. 그것도 안 키우는 게 좋겠다.

정확한 통계는 기억나지 않지만, 우리나라에서 입양된 반려동물이 첫 가족의 품에서 수명을 다하는 비율은 고작 10%에 불과하다고 들었다. 그렇다면 나머지 90%는 어디로 가는 것일까? 배우자가 힘들어해서, 아이가 태어나서, 이사를 가게 되어서 등등의 이유로 원가족의 품을 떠나게 된다. 이들 중 다른 가족에게 맡겨지거나 다른 가정으로 입양을 가게 되는 경우는 그래도 사정이 낫다고 볼 수 있다. (물론 환경이 바뀌게 되면 동물들도 그로 인해 커다란 스트레스를 받게 되므로 이런 일은 가급적 생기지 말아야 할 것이다.) 가장 안타까운 상황은 거리에 버려지는 것이다. 당연한 말이지만, 자신의 삶에 반려동물을 들였다면 그 아이의 평생을 책임질 각오로 키워야 마땅하다. 한때의 관심으로 데리고 왔다가 무책임하게 생명을 내버리는 것은 그 어떤 이유를 댄다고 해도 이해받을 수 없는 행위다.

단추를 키웠던 기간 동안, 그리고 누룩이, 현미와 오곡이를 더불어 키우고 있는 지금도 모리와 나는 사람과 동물이 공존하는 것이 서로 다른 두 사람의 삶을 포개는 것만큼이나 큰 책임이 뒤따르는 일임을 여실히 느낀다. 더불어 살아가며 서로를 아끼고 돌보며 행복을 나누는 존재. 그것이 가족에 대한 정의가 아닐까?

저는 아빠의 집을
때려 부순 딸입니다

유튜브 채널 '어동이네 라이프'에서 가장 높은 조회수를 자랑하는 콘텐츠는 다름 아닌 '아빠의 둥지' 프로젝트 영상들이다. 1년 사이에 '아빠의 둥지' 프로젝트 영상들은 도합 1,000만 뷰를 훌쩍 뛰어넘을 만큼 많은 사랑과 관심을 받았다. 이 화제의 프로젝트는 아빠에게서 걸려온 한 통의 전화로 시작됐다.

분노의 각성

"아빠가 정체되어 있어서 미안해, 딸."

어느 날 갑작스럽게 들려온, 술 취한 아빠의 고백에 나를 감싸고 있던 무언가가 산산조각 나는 기분이었다. 나와 아빠 사이를 뿌옇게 블러 처리해주던 유리막이 깨진 것만 같았다. 너무 충격적이었다. 자신의 삶이 정체되어서 딸들에게 미안하다는 아빠의 고백은 내게 얼마나 커다란 사건이었는지 모른다. 그 순간 내게 전해진 감정은 다름 아닌 '슬픔'이었다. 아빠는 고작 한마디를 하셨을 뿐이지만 내게는 지난 시간 동안 꾹꾹 눌러왔을 아빠의 모든 감정이 한 번에 터져버린 댐처럼 전달됐다. 이내 굉장한 충격과 깨달음이 몰려왔다.

'아빠는 왜 항상 바닥에서 잘까? 바닥 딱딱한데…' 나는 늘 이렇게 생각만 했었다. 아빠는 원래 그렇게 사시는 줄로만 알았다. 그러다가 그동안 아빠가 바닥에서 주무실 동안 나만 침대를 썼다는 사실을 어느 순간 깨달았다. 아차 싶었다. '여느 때처럼 쉽게, 그냥 침대 하나 사면 되는 거였는데 왜 그 생각을 미처 못했지?' 생각의 변화가 파도처럼 쏟아져 들어오면서 내 머리를 깨뜨리는 것만 같았다.

그때 나는 아마도 스스로에게 화가 좀 많이 났던 것 같다. 애꿎은 화풀이를 아빠가 사시던 집에 쏟아부었는지도 모르겠다. 그럴 만큼 내 안에서는 뜨거운 에너지가 차올랐다. 거리끼는 마음을 갖거나 걱정 따위 할 시간도 없었다. 카드값 지출은 미래의 내가 벌어서 해결하면 되는 문제였다. 나는 무엇이든 일단 시작하고 나면, 바람에 흩어져버린 홀씨 같은 작은 일들도 다 주워가며 앞으로 나아갈 수 있는 사람이란 걸 스스로 잘 알고 있었다. 그랬기 때문에 당장 철거업체부터 검색해야겠다는 마음을 먹기까지 1초도 걸리지 않았다. 아빠와 통화를 마치고 세 시간쯤 흘렀을까? 자려고 누웠다가 벌떡 일어나 모리에게 말했다.

"나 대전에 좀 다녀올게."

그렇게 모든 일이 시작됐다.

'𝐓발놈'의 프로세스에 발동이 걸리다

내가 공감을 잘하는 F 성향이었다면 아빠의 그 목소리에 눈물이 났을 텐데, 나는 격렬한 이성의 종족인 'T발놈'이라서 뇌가 갑자기 고속으로 회전했다. '아빠의 지난 인생이 아빠를 슬프게 했다. 그리고 아빠가 사는 집은 그런 인생을 증명하는 증거다. 아빠가 여전히 벗어나지 못하고 있는 낡은 집 때문에 아빠가 슬픈 것만 같다. 이놈의 망할 낡은 집을 하루빨리 가루를 내버리자. 삐빅-'

만약 내가 어떤 일 앞에서 무언가를 결정해야 하는 순간에 놓여 있다고 치자. 그 과정에서 선택을 머뭇거린다면 확신이 부족했거나, '현타' 내지 충격을 덜 받은 것이라고 말하고 싶다. 진실한 선택이 찾아온 순간에는 눈앞의 현실도, 실행 가능성 여부도 따지지 않게 된다. 그저 목표를 향해 날아가는 미사일처럼, 과녁을 향해 쏘아진 화살처럼 날아가기에 바쁘다. 그저 숨 가쁘게 앞으로 나아가야만 한다. 그렇다 보니 '아빠의 둥지' 프로젝트 유튜브 영상 속에서 '이건 효도라고 말할 수 없고 뒷북'이라고 표현했던 것이다. 그것은 정말로 내 부끄러운 진심이었다.

전국을 돌며 건물을 올리는 일을 하시는 아빠는 흔히 말하는 막노동을 20년이 가까이 하고 계신다. IMF 시절 이야기는 이제 색이 바랄 만큼 옛일이 되었지만, 아빠는 공사 현장 일을 IMF 시절이 한참 지난 이후에도 그만두지 않으셨다. 나와 동생을 키워내고 지금의 자리를 일구시기까지 아빠를 사회의 매서운 자리로 밀어내지 않은 고마운 직업이기 때문일까? 그렇게 오랫동안 같은 일을 해오시면서 아빠 나름대로의 세계관과 가치관이 아빠의 마음속에 자리를 잡았을 것이다.

어찌 됐건 아빠의 집을 부수기로 결심한 나는 아빠의 동선을 체크해야만 했다. 나의 계획을 공유했다가는 분명 아빠의 거친 반대에 부딪히게 될 것이고, 그러면 나의 구상은 현실화되지 않을 것이 뻔했기 때문이다. 이 커다란 프로젝트는 아빠의 방해 없이 일을 처리한다고 해도 갈 길이 멀어 보였다.

불도저처럼 온 집 안을 싹 밀어버리고 아빠만의 새로운 둥지를 만들어드리고 싶었던 내 불타는 계획에 차질이 생길 것이 불 보듯 뻔했다. 아빠에게 새로운 공간이 왜 필요한지 납득시키기보다 새로운 공간을 일단 만들어두고 거기에 아빠를 던져 넣는 게 더 빠를 것 같았다. 그리고 그 'T발놈'적인 계산은 꽤나 정확했다.

나는 아빠와 통화를 마친 다음 날, 새벽같이 대전으로 내려갔다. 야밤에 갑자기 벌떡 일어나 대전에 가야겠다는 내 말을 곁에서 듣던 모리는 이렇게 딱 한마디만 했다.

"얼마가 필요해?"

크, 내 남편 '존멋'이다. 나는 일단 내려가서 동태를 살피고 다시 연락하겠다고 대답했다. 아내가 출동하는데 두말 않고 부스터를 달아준 모리는 천생 내 짝이다. 동이 트기도 전에 대전에 도착한 나는 짐을 싸서 지방 공사 현장으로 떠나는 아빠를 배웅했다. 내 나름대로 아빠의 집과 마지막 인사도 마쳤다.

'그동안 아빠를 돌봐줘서 고마워. 내가 이제 너를 새롭게 고쳐주마.' (그리고 묵념)

내 미안한 마음과 닮아 있던 아빠의 낡은 집

아빠의 탈탈거리는 차가 아파트 단지 어귀를 돌아 나가는 모습을 보고 다시 들어온 아빠의 집은 참으로 낯설었다. 더불어서 내게 많은 걸 깨닫게 만들었다. 아빠는 이 집에서만 15년은 족히 사셨다. 이전 집주인이 붙여놓고 간 물고기 모양 스티커가 화장실 거울과 작은방 창문에 덕지덕지 붙어 있었다. 아빠가 누워서 주무시던 벽은 벽지 색이 거뭇하게 바래져 있었다. '문틀이 원래 이렇게 낡았었나? 화장실 벽이 이렇게까지 누렇게 변했었나? 장판은 도대체 언제 거람…' 왜 내 눈에는 그동안 이런 모습들이 안 보였을까? 그 순간 나도 모르게 눈물이 났다.

…라고 아련하고 아름답게 쓰고 싶지만, 솔직히 말해서 나는 아빠의 집을 돌아보며 화가 겁나게 엄청 많이 났다. 유튜브 영상에서는 티가 나지 않았지만 당시 나는 완전히 분노에 휩싸여서 무진장 씩씩대며 그 집을 박살 낼 준비를 했다. '나란 놈은 도대체 뭘 보면서 살았지? 그렇게 썩 엄청나게 대단한 일을 하며 산 것도 아닌데. 내 시선은 늘 아빠를 등지고 있었구나.'

솔직히 말해서 나는 효녀가 아니다. 아빠와 연락도 닿지 않은 채 몇 년을 흘려보냈을 만큼 거리를 두고 살던 시기도 있었다. 아빠와 연락을 나눌 때조차 늘 수화기 너머로 잔소리만 잔뜩 해대던 그저 그런 딸이었다. 그래서 아빠에 대한 내 마음은 늘 부끄럽고 미안함으로 가득했다. 그런 내 마음을 들킨 양 아빠의 집 모양새가 내 마음속처럼 못나고 때가 낀 것처럼 보였다.

특히 화장실이 문제였다. 낡고 낡은 옛날식 화장실은 굉장히 기괴하고 웃겼다. 오래전 일본에서 유행했던, 캡슐 박스 같은 형태의 보급형 화장실이었다. 아파트 공급이 무섭게 쏟아지던 30여 년 전, 그 당시 지어진 주공 아파트의 화장실은 빠르게 공사를 마감하기 좋도록 네모난 샌드위치 판넬로 만들어진 큐브를 화장실 공간에 쑥 집어넣는 방식이었다.

여기에다가 아빠는 어디에서 가져왔는지도 모를 모퉁이 선반을 설치하셨다. 반은 깨진 벽돌을 얹고 그 위에 내가 바르다가 버린 페이스 크림통을 쌓아 올린 뒤 그 위에 선반을 설치하는 창의적인 방식으로. 샌드위치 판넬 같은 벽은 군데군데 금이 간 상태였는데 그걸 어디에서도 보기 힘든 황금색 실리콘으로 마감해서 화장실은 굉장히 기묘한 모습이었다. 아무래도 내 미술적 감각은 아빠로부터 온 것은 아닌 게 틀림없었다.

그뿐만이 아니었다. 작은 평수임에도 어떻게든 욕조와 세면대를 욱여넣긴 했는데, 물이 나오는 수도는 하나로 연결

되어 있었기에 욕조와 세면대를 사용할 때마다 필요한 곳으로 수도를 수동으로 밀어서 물을 틀어야 했다. 게다가 아빠는 욕조를 전혀 사용하지 않으셨다. 자리만 차지하는 욕조를 넘나들며 샤워하느라 불편하셨을 것이다. 안 그래도 좁은 화장실을 욕조가 더 좁게 만들었다. 화장실이 얼마나 좁았는지 손빨래를 하려고 세면대를 피해 빨래비누를 쥔 채 쭈그리고 앉으면 등에 반대편 벽이 닿을 정도였다.

못난 불효녀의 고백이자 반성문이었던 '아빠의 둥지' 영상

집은 계획대로 척척 철거되어갔고 다듬어져갔다. 벽을 부수어 무너뜨리고 쓸모를 알 수 없는 베란다 짐들도 전부 걷어다 내다버렸다. 집 안의 모든 장판과 벽지를 나는 미친놈처럼 지치는 줄도 모르고 거둬나갔다. 집의 케케묵은 시간들이 벗겨져나가자 내 마음속의 묵은 짐도, 우리 가족의 쓰라렸던 기억들도 벗겨져나가는 것 같아 기뻤다. 불교에서 쓰는 말로 비유하자면 '업보'라고도 할 수 있겠다. 나는 내 업보를 해결하기 위해 엄한 곳에 가서 절하며 기도하기보다는 업보의 근본인 집을 때려 부수면서 도를 닦는 게 백배 천배 더 낫다고 생각했다.

아빠에게 왜 이렇게밖에 살지 못하느냐고 말할 생각을 안 한 것도 아니었다. 진즉 살림살이를 정돈하고, 낡고 무의미한 것들은 버리고, 꼭 필요한 것만 가진 채 사시라고 잔소리하고 싶었던 마음이 없었다면 거짓말이다. 하지만 그런 모습으로 사시는 아빠의 마음이 너무 이해됐기에 그렇게 외치고 싶은 마음을 짓눌렀다. 삶에 등 떠밀려서 치열하게 살아 왔을 아빠. 그 와중에 자신의 모습은 잊힌 지 오래됐을 터였다. 인생에 대해 사유할 여유 따위가 아빠에게 있었을 리 없었다. 하루하루 견뎌야 했을, 그래서 처절하게 외로웠을 아빠의 30, 40, 50대의 긴 시절이 자신을 스스로 보살피기에는 괴로운 시간이었으리란 점을 나는 깊이 이해하고 있었다.

아빠도 자신의 자리에서 최선을 다하셨을 거라는 생각이 들자 잔소리하고 싶었던 모자라고 얕아빠진 마음이 명치 아래로 쑤욱 내려가 흩어져버렸다. 조금은 어른이 된 지금의 나는 안다. 아빠가 그동안 최선을 다해 사셨다는 것을. 그의 모든 정신은 빚을 갚고 딸들에게 생활비를 보내주기 위해 돈을 버는 데만 쏠려 있었다는 것을. 내 삶이 안정되고 나서야 나 외의 주변이 보이게 됐다는 사실도 나는 안다. 그리고 아빠가 애정 어린 그 집을 떠나기 싫어하시기도 했지만, 한편으로는 벗어나고 싶어 하셨다는 것도 안다.

내가 모리를 아빠에게 처음 소개하던 날, 아빠가 굉장히 고민하고 곤란해하셨던 모습을 기억한다. 자신의 현실을 못내 부끄러워하던 그 모습을. 말로는 사람 사는 게 다 똑같지 않냐고, 자연스러운 모습이 좋은 거라고 말씀하셨지만, 이 낡은 집이 자신의 인생을 대변하고 있다는 마음을 지우지 못하셨을 거다. 그날이 나는 지금도 생생하게 기억난다. 진즉 그때 집을 박살 냈어도 좋았을 텐데. 그때도 눈 뜬 봉사였던 나는 그런 아빠의 모습을 보면서도 그 심중을 알아채질 못했다. 오히려 아빠 집에 어울리지도 않는 호랑이 족자 그림이 웬 말이냐며 잔소리하기 바빴다. 그때 나는 그런 생각 없는 애였다.

아빠는 반평생 노동을 하며 해가 뜨기 전에 집을 나서고 해가 지면 이 집으로 돌아오셨다. 전국의 공사 현장을 돌며 몇 달씩 집을 비워두기도 하셨지만 일을 다 마치고 나면 결국 외로운 이 집으로 돌아왔다고 하셨다. 이런 집조차 없었던, 그보다 더 오래전에는 같이 일하던 동료들이 명절이 되어 하나둘 집으로 돌아가고 나면 일하는 동안 다 같이 지내는 숙소에 덩그러니 남아 있었다고, 아빠만 집이 없어서 집이란 곳에 갈 수 없었다는 말도 하셨다.

이런 이야기들을 들으며 나는 속으로 쓴침을 꿀꺽 삼켰다. 고쳐진 집을 보여드리고 난 뒤에야 나는 이런 아빠의 지난 이야기를 들을 수 있었는데, 그제야 아빠는 비로소 마음속

이야기를 딸에게 하실 수 있게 된 것이다. 나는 서른일곱 살이 되어서야 맥주 한잔을 들이켜며 아빠의 지난 속마음을 들을 수 있었다. 평소 아빠는 이런 말들을 마음속에 꼭꼭 숨겨두고 절대 내색하지 않는 사람이었다. 그랬기에 술에 취해 나지막하게 전했던 아빠의 슬픈 고백이 내게 더 세게 와닿았을 것이다.

나는 분노의 각성에서 비롯된 힘으로 지칠 줄도 모르고 벽지를 뜯고 화장실 벽을 부수고 문짝을 뜯어냈다. 마치 무당이 신들려 춤추듯 말이다. 나는 아빠의 인생도 반질반질하게 다듬고 닦아내고 꾸미면 꽤나 번듯하다는 것을 알려드리고 싶었다. '아빠의 둥지' 프로젝트를 해나가는 동안 육체적으로는 매일매일 고단했지만, 마음만은 그 어떤 때보다 열정적으로 이글거렸다. 그 당시 내 눈빛에 광기가 서려 있었다는 모리의 후일담도 덧붙여본다.

앞에서도 말했지만 나는 지금도 '아빠의 둥지' 시리즈를 보면서 내게 효녀라고 칭찬해주시는 분들에게 부끄럽다. 그 일은 내가 응당 할 일이었다. 때마침 내가 유튜브 크리에이터였던 덕분에 그 과정을 영상으로 담을 수 있었던 것뿐이다. 한편, 아빠가 새로운 집을 선물받은 순간과 그것이 만들어지기까지의 과정을 평생 동안 영상으로 보시면서 언제든 그때 느낀 감정을 다시 즐길 수 있게 해드리고 싶었다. 그런 마음으로 남긴 영상이었을 뿐인데, 과분한 칭찬과 사랑을 받아 여러 감정이 교차한다. 나는 그동안 꾸준히 효도를 해온 자식이 아니었고, '아빠의 둥지' 영상은 그렇게나 부족했던 나에 대한 고백이자 반성문이기 때문이다.

* 유튜브 채널 '어동이네 라이프'의
  '아빠의 둥지' 프로젝트 영상 보기

'아빠의 둥지' 프로젝트를
추진할 수 있었던 이유

오늘날 우리는 사회적 기능이나 효율성을 발달시키고 훈련해서 가치가 높은 사람이 되어야만 하는 세상에 살고 있다. 그런데 비교적 괜찮은 가치로 매겨질 수 있는 조건들은 거의 대부분 집 바깥에 몰려 있다. 공부를 하는 학교, 성과를 올리기 위해 일하는 회사… 우리는 집 밖에서 얻은 결과를 중시한다. 하지만 우리가 사는 집도 성장하는지 돌아볼 필요가 있지 않을까? 사람이 사는 공간은 그 사람의 인생과 맞닿아 있다. 집은 그곳에 사는 사람의 삶이 반영된 공간이어야 한다. 나는 자신이 사는 공간을 꾸미는 일이 자신의 인생을 실현하는 방식을 익히는 가장 기초적인 연습이라고 생각한다. 내가 사는 공간은 일종의 연습장이다. 가장 적은 돈으로 내 방을 꾸며

보면서 내 취향과 감성의 가닥을 잡아나가기 좋은 연습장.

젊은 것(?)들에게는 새로 마련한 자신의 둥지를 연습장 삼아 자신의 삶을 실험하기에 아주 적절한 환경이 주어진다. 독립을 해서 자취를 시작하거나, 결혼을 해서 새 살림을 마련할 수 있기 때문에 흰 도화지처럼 자신의 삶을 새롭게 시작해볼 기회가 생기는 것이다. 그런데 부모님 세대는 사정이 조금 다르다. 이분들은 자신의 공간을 백지 상태로 되돌리기가 힘들다. 우리 젊은 것들은 우리 부모님들의 집, 이분들의 공간에도 신경을 써야 한다. 왜냐하면 부모님의 집은 우리들이 자란 공간이기 때문이다. 따라서 이 집을 떠날 때 그 끝맺음에 있어 우리에게도 어느 정도 책임이 있다. 그런데 독립해서 떠나는 자리를 스스로 정리해야 한다는 사실을 세상의 그 누구도 알려주지 않는 것 같다. 본가를 떠나 독립하고 나면, 우리는 깨고 나온 알 껍데기는 전부 옛 둥지에 처박아놓고 뒤도 안 돌아보고 떠난다. 뻐꾸기 새끼가 따로 없다.

젊은 것들이여, 내가 떠나온 공간에도 시선을 주자

뻐꾸기는 둥지를 짓지 않는 새다. 대신 알을 낳아둔 다른 새의 둥지에 가서 조용히 알을 낳아놓고는 도망간다. 이 치사

한 새는 다른 새보다 알의 부화도 빠른 편인데, 그 습성이 아주 못되기까지 하다. 제일 먼저 알을 까고 나온 뻐꾸기 새끼는 눈도 채 뜨지 못한 주제에 둥지에 있는 새의 알을 등으로 밀어서 둥지 아래로 떨어뜨린다. 둥지의 진짜 주인인 새의 자식들이 갓 태어나서 울고 있어도 여지없이 둥지 아래, 죽음의 땅으로 떨어뜨린다. 그러고는 자신은 둥지의 진짜 주인보다 두세 배 덩치가 커질 때까지 먹이를 받아먹으며 성장한다. 그렇게 성장을 다 마친 후에는 둥지에 뻐꾸기 알 껍데기만 남겨두고 하늘로 날아간다. 나는 이런 뻐꾸기의 생태를 알고 난 뒤 나 자신이 뻐꾸기 새끼 같다는 생각이 들었다.

이 책 한 권에 내 인생을 전부 담을 순 없겠지만 앞에서도 이야기했듯 나는 꽤 폭풍 같은 인생을 살았다. 돈 걱정 하지 않아도 되는 부유한 집안에서 자랐다면 지금보다 더 성격이 고운 사람으로 성장했을지도 모르겠지만, 나는 거친 환경 속에서 매일 생존을 걱정하면서 10대와 20대 시절을 지나왔다. 그 과정의 결과물이 바로 오늘의 나다. 그래서일까? 어떤 일을 마주했을 때 나는 피하기보다 기꺼이 나서서 차라리 맨 땅에 헤딩하는 정신으로 해결하려는 의지와 용기가 밑바탕에 어느 정도 깔려 있는 사람이다. '아빠의 둥지' 프로젝트를 해낼 수 있었던 것도 내가 그런 사람이라서 가능했다. 물론 그렇지 않은 사람들도 있다는 것을 안다. 그런데 사람이 언제 각성하는지 아는가? 인간은 커다란 충격을 받았거나, 또는 이와 반대로 일상의 어느 한 찰나를 깊게 들여다보는 순간, 변화한다. 그럴 때 각성의 깨달음이 높은 확률로 찾아온다. 사사롭게 지나칠 수 있는 매일의 당연함을 늘 호기심 가득하게 관찰하거나 매우 객관적인 시선으로 바라보는 습관은 각성하는 데 도움이 된다. 그렇기 때문에 때로는 냉정해 보일 수도 있겠지만 제3자의 입장이 되어야 한다. 또는, 때때로 낯선 사람의 눈길로 내 인생을 되돌아봐야 한다. 그럴 때라야 비로소 무엇이 잘못되었는지, 내가 인생에서 무얼 놓치고 있었는지 발견할 수 있다.

　　인간은 안정과 적응을 사랑하는 습성이 있어서 매일 마주하는 내 환경에 안주한 나머지 느슨해지기도 한다. 나를 둘러싼 환경과 상황이 쭉 아름답게 이어진다면 문제는 없을 것이다. 하지만 시간의 흐름 앞에서 변하는 건 사람만이 아니다. 내가 사는 공간도 시간에 따라 바뀐다. 집 안에 쌓아둔 세월의 짐도 늘어난다. 하지만 느슨해진 마음은 그렇게 바뀐 집 안 환경이 내게 알맞은 상태인지, 아니면 개선을 해야 하는 상태인지 제대로 판단하지 못하게 한다. 게다가 사람은 어떤 계기로 바뀔 수도 있지만 집은 그럴 수조차 없다. 그 공간에 사는 사람이 어떤 모습인지를 낱낱이 드러내며 낡아갈 뿐이다. 매일 똑같은 공간에서 잠들고 눈뜨며 변화 없이 생활하는 사이 무엇이 문제인지도 발견하지 못하고 살림들은 쌓여만 간다. 우리는 그렇게 물건으로 가득 찬 집에서 살게 된다.

여기서 한 가지 확실한 것은 이 글을 쓰고 있는 나조차도 나이가 들어 부모님 나이만큼 늙게 된다면, 집을 주기적으로 정돈하고 개선해나갈 자신이 있느냐고 물었을 때 자신이 없다고 말할 것 같다는 점이다. 환경 개선이야말로 끊임없이 객관화를 하는 훈련이 필요한 분야이기 때문이다. 사실 집은 자기가 살고 싶은 대로 해놓고 살아도 된다. 하지만 오랜 세월이 지나서 지금의 내가 이 공간에서 지내는 것이 뭔가 불편해지기 시작했다면 이제는 의심할 때가 된 것이다. 그런 기분이 들었을 때, 제3자가 와서 우리 집을 보면 대놓고 깜짝 놀랄 만한 상태일 확률이 높다.

각성과 변화가 시작되기 위해서는

나는 인생이 바뀌려면 집부터 변해야 한다고 생각한다. 나를 감싸고 있던 알 껍데기를 부수고 자신 있게 버릴 수 있어야 새로운 각성을 할 수 있다. 그제야 그동안 보이지 않던 것들이 새롭게 보일 것이다. 알 껍데기를 정리하는 과정은 결코 쉬운 일이 아니다. 따라서 그런 과정을 거치고 나면 그 과정은 또 다른 알 껍데기를 깨고 나오는 힘이 되어준다. 하지만 알 껍데기를 처음 부수는 과정에서 대부분의 사람들은 선(先) 거절을 한다. 선 거절이란 시작하지도 않은 일에 대해 걱정하거나 부정하는 행위다. 벌어지지 않은 일을 미리부터 우려한다는 점에서 '기우'와 매우 닮아 있다. 다음은 선 거절을 할 때 주로 하는 말들이다.

'노력해서 바꿔놓아도 원래처럼 돌아갈 거다.'
'물건을 버리는 게 아깝다. 언젠간 쓰인다.'
'추억을 사사로이 여겨서는 안 된다. 추억의 물건은 보관해야 한다.'
'애써서 바꿔놔도 좋은 소리 못 듣는다.'

현재를 위해 삶을 개선해가며 사는 사람들은 절대로 이런 말을 하지 않는다. 미래나 과거에 초점이 맞춰진 채 살아가는 사람들이 주로 저런 말을 한다. 하지만 지금 당장 오늘을 잘 살아야 그 다음도 있는 것이 아닐까? 지금 당장 행복하고 만족스럽게 살아야 그 다음도 기약할 수 있다. 걱정은 미래를 바꾸는 데 아무 도움이 되지 않는다. 이제는 시대가 바뀌었다. 과거의 추억이 정 아쉽다면 디지털화하면 된다. 가령, 아끼는 옷과 책들, 어렸을 적 썼던 접시와 문구류 등은 사진이나 영상으로 남기는 식이다. 물리적으로 부피를 차지하는 물건들은 제때 처분하지 않으면 계속해서 쌓여간다. 물론 이런 옛 물건들을 언제까지 보관할지에 대한 계획이 정확히 있다면 상관없다. 하지만 보통의 사람들은 케케묵은 박스 위에 새로운 박스를 쌓고 또 쌓으며 집을 창고로 만들어간다. 하지만 집이 100평쯤 되지 않는 한, 정리해야 할 순간은 언젠가 온다.

많은 사람이 내게 어떻게 그런 프로젝트들을 거침없이 시작할 수 있었느냐고 묻는다. 그런데 이렇게 생각하면 참 간단한 일이다. 우리가 걸을 때를 생각해보자. 걷기 위해 일단 한 발자국만 내딛으면 자동으로 뒷발이 따라와 그 다음 땅을 딛는다. 우리 안에는 자신이 벌여놓은 일을 수습할 수 있는 능력이 충분하다. 따라서 우선 일을 벌이고 나면 그것으로 시작이다. 다만, 시작하는 사람들에게 부족한 것은 확신이다. 하지만 이것은 경험이 없어서 모르기 때문에 드는 현상이다. 이것 하나만 훈련되어 있으면 무엇을 시작하든 못할 게 없다는 것을 말해주고 싶다. 바로 완성도에 집착하는 집중력, 끝까지 마무리를 짓고 마침표를 찍는 습관이다. 조금 어렵게 말하자면 타협하는 순간의 역치가 굉장히 높아야 한다. 어지간해서 만족하지 않는다면 끝을 보는 수준이 점점 높아진다.

무슨 일이든 목적한 바가 건강하고 방향성이 올바르다면 우선은 저지르고, 수습하는 과정을 작은 일에서부터 실행해보자. 그러다 보면 일의 규모가 커져도 감당할 수 있는 경험치가 점점 쌓여간다. 사람은 카멜레온과 같아서 주변 환경과 문화에 많은 영향을 받는다. 하지만 밖에서 영향을 받는 것만큼 스스로 자기 안에서 강력한 힘과 방향성을 만들어낼 수 있어야 한다. 그것이 무엇인지 발견하고 스스로 확인하기 위해서는 수많은 실험을 해봐야 한다.

가령, 커피를 사서 고마운 누군가에게 건네기, 내가 사용하지 않는 캠핑용품을 지인에게 흔쾌히 얼마든지 쓰라며 맡기기, 많은 사람을 초대해서 음식을 뚝딱 만들어 대접해보기, 다소 무리한 일정이어도 끝내 해내는 성취감을 반복적으로 맛보기, 전혀 모른다고 해도 무안해하거나 부끄러워하지 말고 쿨하게 모른다고 말하기, 평생 해보지 않은 일에 도전하기… 이곳에 다 쓸 수는 없지만, 마음을 베푸는 선행이나 안 하던 짓을 많이 해볼수록 내가 해낼 수 있는 일들의 수가 늘어난다.

이 세상에 하찮은 일은 단 하나도 없다. 많은 경험이 모여 궁극에 나를 이룬다. 여러 가지를 학습하는 과정에서 절망, 후회, 실망, 또는 성취감 같은 다양한 감정을 맛보며 나의 맷집은 점점 강해진다. 그런 단계를 거치고 나면 제법 일을 크게 벌여놔도 차근하게 하나씩 해치워나갈 수 있는 근성이 길러진다. 그 과정에서 스스로를 믿는 힘도 길러진다. 자신에 대한 믿음은 스스로를 긍정적으로 바라보는 힘으로 작용한다. 가끔 수도사들이 혹독한 수련으로 자아성찰을 한다는 이야기를 들어본 적이 있는데, 나의 이런 과정 또한 귀여운 수련 과정이라고 비유할 수도 있겠다. 기쁨과 행복이 더 달콤하기 위해서는 쓰디쓴 시간을 지나와야 한다. 그래야만 그 열매가 더 달콤한 법이다. 우리는 생각보다 꽤 대단한 일을 벌일 수 있는 존재들이니 지금이라도 용기를 내서 작은 일부터 일단 저질러보자.

뜻하지 않았던 선물 같은 시선들

'아빠의 둥지' 프로젝트가 종료되고 나자 우리 유튜브 채널은 물론이고 수많은 커뮤니티 게시판에 영상 링크가 퍼날라지면서 엄청난 구독자들이 몰려들었다. 댓글과 인스타 DM으로도 응원과 칭찬을 정말 많이 받았다. 어동이네 영상을 보고 망치로 머리를 맞은 듯 충격을 받아서 언니와 함께 돈을 모으기 시작했다는 분, 동생들을 소집해서 영상을 공유하고 부모님 집을 뒤집어엎을 계획을 세우기 시작했다는 분 등 대한민국의 수많은 '자칭 불효자 불효녀'들이 눈물과 감동의 메시지를 보내오셨다.

한편, 내게는 일종의 '밀린 효도 몰아서 하기'였던 '아빠의 둥지' 프로젝트가 어떤 분들에게는 공간에 대해 재정의해준 계기로 다가갔던 모양이다. 어떤 구독자 분은 영상을 보며 자신이 유치원 때부터 20대까지 사용했던 수첩과 문구류까지 보관하고 있는 자신의 방을 새삼 새로운 눈으로 보게 됐다고 고백했다. 자신이 묵은 물건들을 끌어안고 살았음을 깨닫고 나서 난생처음 대대적으로 방 청소를 하고 자기 나이에 맞게 가구와 인테리어를 바꿨다고도 했다.

나는 그저 내가 멍청히 내버려두었던 과거를 치열하게 개선해버렸을 뿐인데, 세상의 자식들이 전부 공감하고 있구나 싶었다. 더불어서 사람 사는 게 다들 역시 비슷하구나 하는 생각이 들어 또 한 번 위로를 받았다. '아빠의 둥지' 프로젝트를 보면서 자식들은 자식의 시선에서, 부모님들은 부모님의 시선에서 각자가 위로받고 감동을 얻어갔다. 좋은 영향력을 끼쳐주어서 고맙다는 말을 들으며 나도 엄청난 용기를 얻었다. '내가 선택한 일이 틀리지 않았구나' 하는 확신을 한 번 더 얻은 것이다. 무엇보다 '아빠의 둥지'를 진행하는 데 있어 전폭적인 지지와 도움의 손길을 보태준 가족들(동생과 모리 등)에게 정말 고마웠다. 아빠가 흰 도화지 같은 집을 앞으로 아빠만의 새로운 것들로 채워가길 바란다. 더불어서 그동안 낡고 허름했을지언정 아빠의 보금자리 역할을 해주었던 이 집에도 감사의 인사를 전한다.

한 가지 더 덧붙이자면, 이때의 이슈로 내 안의 자만심이 방방 뛰는 일은 일어나지 않았다. 늘 최고로 기쁜 순간에는 이점을 꼭 기억해야 한다. 그저 잠깐 나에게 다가온 즐거운 이 순간이 언제든 지나가버릴 것이라는 사실. 이러한 사실을 잊지 않는 것은 내가 스스로 마인드 컨트롤을 하는 방식이다. 나는 계속해서 콘텐츠를 만들어 갈 사람이고, 창작자들은 늘 영광스럽지만은 않은 외롭고 긴 시간들을 지나야 한다는 걸 알고 있기 때문이다. 지금 당장 쏟아지는 대중들의 시선에 취해 너무 날뛰면 그 시선들이 걷혔을 때 더 외롭고 허망해진다. 자신이 본래 가려던 길에서 너무 이탈해버리는 것은 장기적인 안목에서 봤을 때 창작 활동을 하는 예술가에겐 좋지 않다. 따라서 모든 순간은 다 지나가기 마련이라는 사실을 되뇌는 것은 자신의 초심을 지키는 데 꼭 필요하다. 자신이 굉장히 천재 같아서 늘 대중이 열광하는 엄청난 콘텐츠를 뽑아낼 수 있는 사람이 아니라면, 어쩌다 좋은 히트를 쳤다고 해서 너무 자만하지 말고 겸손해지자. 그래야 자신이 사랑하는 일을 오래도록 하며 장수할 수 있다. 자신의 인생을 선택하며 살아가는 사람들에게 가장 중요한 것은 자신의 색이 바라지 않도록 멘탈을 관리하는 일이다.

환경이 바뀌면
사람도 바뀐다

사람이 평생 온실 속 화초처럼 고고하고 생채기 없이 자라면 참 좋겠지만, 세상일이란 게 절대 그렇지 않다. 사회생활이나 지인과의 관계는 말할 것도 없고, 하다못해 가족 사이에도 상처받는 일이 생긴다. 동화 속 궁전에 사는 공주님, 왕비님도 상처받을 일이 생기는데 평범한 우리가 고통으로부터 분리되어 보호받으며 살 수 있으리라고 믿는 것은 잘못됐다. 평생 아무 탈 없이 행복할 것이라는 착각은 희망 회로에 불과하니 재빨리 쓰레기통에 버리기를 바란다.

부모님이 지성과 교양이 넘치고 사회적 지위와 인품을 인정받는 사람이라면, 혹은 압도적인 재력을 가졌다면, 자식 된 입장에서는 큰 복이다. 그런 부모님을 마치 거대한 뿌리를 내리고 우월하게 자라난 거목이라고 상상해보자. 영화 〈아바타〉에서 나비족들이 의지하며 사는 그런 큰 나무처럼 말이다. 부모님이 너무 훌륭하면 자식이 그 그늘에서 벗어나지 못한다는 말이 있다. 그 말도 어느 정도 일리는 있다. 거목이 드리우는 시원하고 안락한 그림자가 끝없이 드넓으면 그 그늘 아래에서 평생을 부족함 없이 자란 자식이 굳이 자신만의 그늘을 만들 이유가 없다. 아무리 열심히 뛰어서 나무 그늘을 벗어나려고 해도 어디까지 가야 그늘의 끝인지를 알 수 없으니 굳이 열심히 성장할 필요가 없는 것이다.

물론 나는 그런 삶은 살아보지 않아서 편협한 시선으로밖에 이야기할 수 없는지도 모르겠다. 훌륭한 환경에서 훌륭하게 크는 사람들이 더 많기도 하고. 어쨌든 그런 삶을 평생 누릴 수 있다면 그렇게 살면 된다. 하지만 인간이라면 누구나 부모님 슬하에서 평생 살 수 없다. 우리의 세상을 뒤덮고 있던 '엄빠 나무'도 세월이 흐름에 따라 쇠약해지기 마련이다. 그러면 나무에 달렸던 나뭇잎들이 우수수 떨어져 내리고 가지가 꺾이면서 나무 그늘에도 점차 구멍이 숭숭 나게 된다. 그리고 부모 자식 사이의 인연이 끝나서 영원한 이별을 하고 나면 그때는 내가 나무가 되어야 할 차례가 반드시 찾아온다. 문제는 그늘을 만들어보지 않은 사람은 절대 누군가를 품을 수 없다는 사실. 땡볕에 나가서 말라비틀어지는 것도 해본 놈이 잘 견디고 살아남는 법이다.

　그래서 나는 괜찮았다. 엄마가 안 계시고, 아빠가 빚을 갚으러 떠나는 바람에 동생하고만 둘이 살았어도 충분히 정말로 괜찮았다. 내게는 아빠로부터 물려받은 가장 커다란 자산이 있었다. 매사 긍정적이고 부드러운 마음이 그것이다. 그런 심리적 기반이 있었기 때문에 나는 경제적으로 곤란했을지언정 사는 건 괴롭지 않았다. 조금 더 솔직하게 말하자면 내 삶의 전반에 고통이 폭풍처럼 몰아치고 있을 때는 그것이 고통인지조차 잘 몰랐다. 모든 시간이 지나고 난 뒤 '후-' 하고 한숨을 돌리고 저만치 뒤돌아보니 그제야 날 두들겨 패던 것들이 인생의 고통이었음을 알았다. 하지만 뒤늦게 깨달은 지난 내 삶의 고통도 잘 흘려보내고 휩쓸리지만 않으면 그저 까마득한 남 이야기처럼 느껴진다.

　아빠의 낡은 둥지가 아무런 필터 없이 생생한 날것으로 내 눈에 비친 시기가 딱 그때였다. 내 인생의 행복을 들여다보며 살 여유가 생겼을 무렵, 정서적으로 안정되고 삶의 기본적인 요소들이 평온한 일상처럼 잘 돌아가기 시작할 즈음. 그때 낡디낡은 아빠의 오래된 집이 보였다. 그건 더 이상 먼발치에 있는 남 이야기가 아니었다. 내 현실이 그대로 담긴 그림자였다.

오래된 아빠의 공간을 정리하며
치유되던 내 마음

'아빠의 둥지' 프로젝트를 진행하면서 나는 아빠의 오래 묵은 살림들을 모두 내다 버렸다. 그리고 그 자리를 새로운 물건으로 채웠다. 가령, 초등학교 때부터 사용하던 핑크색 시리얼 그릇부터 언제부터 있었는지도 알 수 없는 오래된 접시들을 죄다 내다 버리고 투명하거나 하얗거나 아이보리 톤의 접시와 컵들을 사다 놓았다. 아빠는 그동안 단 한 번도 자신의 의지로 물건을 고른 적이 없었다. 그러다 보니 남들이 쓰던 물건을 가져와 사용하거나 다른 가족들이 쓰다 남긴 물건들로 생활하는 게 당연한 일상이었다. 새로운 물건을 들인다는 개념조차 잊은 지 오래되어 보이셨다.

나는 그 사실을 용납할 수 없어서 아빠 집의 오래된 물건들은 전부 다 걷어냈다. 처음부터 리셋(reset)하는 것처럼. 평생 새 가전제품은 사본 적이 없었을 아빠에게 비닐도 뜯지 않은 냉장고를 선물할 생각에 가전제품들이 들어오던 날에는 얼마나 시시덕거리며 좋아했는지. 마치 어린 시절 꿈돌이 동산에 놀러갔던 날처럼 설레고 기뻤다. 사위 모리는 한술 더 떠서 남자는 취미에 가장 중요하게 투자해야 한다며, 영화 보기를 좋아하는 장인어른을 위해 70인치 TV를 주문했다. 이럴 때 보면 일상에서 소소하게 사랑한다고 말하지 않는 남자여도, 모리가 내게 자신의 사랑을 보여주는 방법이 무척 다채로움을 실감한다. 그런 모습에 나는 충분한 사랑과 감사를 느낀다.

아빠의 오래된 짐을 처분하면서 1인 가구가 쓰기엔 꽤나 많이 쌓아둔 낡은 이불과 옷가지가 내 눈엔 전부 아빠의 외로움처럼 보였다. 마음이 허하니 집 안에라도 무언가를 가득가득 채워 넣고 싶었을지도 모르겠단 생각이 들었다. 그래서 버린 것보다 더 많은 물건을 새로 사서 곳곳에 채워 넣었다. 예를 들어 너무 오래되어서 얇아진 수건들은 공사 현장의 걸레로 사용하거나 청소용으로 빼두고, 그 대신 폭닥폭닥한 호텔식 수건을 수건장이 터질 만큼 채워 넣었다. 자식으로서의 죄책감과 미안함, 그리고 아빠의 새로운 인생을 응원하는 마음을 담아서. 그 과정에서 놀라운 감각이 내 안에 일었다. 분명 청소하고 버리고 비워진 것은 아빠의 집인데, 내 마음이 치유됨을 느꼈다.

화장실 내부를 철거하고 난 뒤, 시멘트를 바르고 방수 처리를 하고 허물어버린 벽을 벽돌로 새롭게 쌓던 날이었다. 이 모든 일을 공사를 해주시는 소장님들에게 전부 다 맡길 수도 있었지만, 나는 이 집의 모든 곳에 내 손이 닿길 원했다. 한 군데라도 의미 없는 곳이 없도록 정성을 들여야 아빠에게도 이 집의 가치가 더 크게 느껴질 것 같았다. 그래야 이 집이 아빠에게 더 소중한 공간이 될 것도 같았다. 그래서 나는 소장님께 양해를 구하고 시멘트를 끼얹고 벽돌을 얹는 방법까지 현장에서 배웠다. 물론 모든 공정을 다 내 손으로 하면 부실 공사(?)가 우려됐기 때문에 부분적으로 공사를 돕는 정도였지만. 그렇다고는 해도 아빠의 새로운 집 공사에 어느 정도 내 손을 보탰다고 자부할 만큼은 참여했다.

인테리어 자재 시장에 가서 손수 고른 무광의 아이보리 도자기 타일이 화장식 벽에 하나씩 붙여지자 낡아빠졌던 옛날 화장실은 온데간데없어지고 깨끗한 신축 빌라 느낌을 주는 화장실이 만들어져갔다. 나는 화장실에 내가 직접 고른 하얀 타일을 붙이던 날 진심으로 너무 행복하고 기뻤다. 느리긴 해도 하나씩 뭔가가 이루어지고 있음을 직감해서인지 12시간 동안 진행된 공사로 기진맥진했음에도 환호성을 질렀다. 먼지가 뽀얗게 쌓인 새 화장실 벽을 만지며 내가 이 프로젝트를 실행할 수 있는 것을 다행이라고 여겼다. 그리고 내 불도저 같았던 선택을 두고 스스로를 칭찬했다. 미처 완성되지도 않은 화장실 벽을 한참 동안 들여다보면서 기쁘고 신기한 마음에 손으로 계속 쓸고 만지기를 반복했다.

'아빠의 둥지' 프로젝트는 처음 집을 때려 부순 뒤로 꼬박 1년 후, 섀시까지 전부 다 뜯어내 교체한 후에야 온전히 마침표를 찍었다. 그러고 나니 이 집에 대해서만큼은 내 할 일을 다 끝내버린 것 같아서 속이 다 시원했고 여한이 없었다. 마치 오래전 15년간 키우던 단추가 무지개다리를 건넘으로써 인연에 대한 책임을 졸업했던 때의 마음처럼. 어쩌면 '아빠의 둥지' 프로젝트를 진행했던 것도 과거의 내 무심함과 가족에 대한 그리움, 그 사이 어디쯤의 마음들이 이 집에 남아 있던 것 같아서 이참에 말끔히 정리해버리고 싶었던 것인지도 모르겠다. 더불어서 내가 성인으로서 그럭저럭 잘 컸다고 아빠에게 생색을 내고 싶었던 마음도 있었고. 분명한 것은 아빠의 집을 박살냈을 뿐인데, 결과적으로 내 마음의 아픈 부분도 함께 부서짐으로써 온전히 고쳐진 것만 같았다는 사실이다.

한편, 가차 없이 부수어버리긴 했지만 고쳐진 집에도 고마웠다. 그동안 아빠를 잘 품어주었으므로. 아마 이 집에 터주신이 있다면 그 터주신이 나를 기특하게 여겼을 것이다. 나는 집도 사람과 인연을 맺는 존재라고 생각한다. 그래서 이 집에도 선물을 주고 싶어서 최선을 다했다. 이렇게 나는 뭔가에 몰입할 때 시간이 가는 줄도, 내 몸이 닳는지도 모른 채 달려간다. 그럴 때면 뾰족한 송곳처럼 찌르는 에너지가 쏟아지는데 그런 경험을 하는 순간에는 엄청난 몰입의 쾌감이 따라온다. 어쩌면 이런 감각은 운동선수들이 극한의 신체적 한계를 뛰어넘는 순간이나, 정신 수양을 하는 종교인들이 깨달음의 순간을 맞이할 때와 약간 비슷한지도 모르겠다. 이것도 일종의 마약 같은 느낌이라서 나는 그 몰입의 포인트를 쫓아다니며 살고 있다는 생각도 든다.

"여기 남의 집 아니냐?"

드디어 아빠가 지방의 아파트 공사 현장에 출장을 갔다가 돌아오시는 날이 다가왔다. 그동안 내가 가장 기다렸던 시간이었다. 이 순간을 위해서 그 엄청난 고난을 헤쳐왔으니 당연했다. 나는 내 작은 실수로 아빠가 집 곳곳을 둘러보시는 장면을 영상으로 담지 못하거나 담더라도 부족함이 생길까 봐 너무 긴장한 나머지, 넓지도 않은 집을 분주히 뛰어다니다가 현기증까지 났다. 그리고 마침내 아빠가 문을 열고 집 안으로 들어오셨다.

아빠에게 새로 단장한 집을 소개하자 당시 아빠는 무슨 일이 벌어지고 있는지 실감이 나지 않아 어안이 벙벙하셨다고 한다. 분명 현관문에 적힌 호수는 당신 집이 맞는데, 안에 펼쳐진 모습이 너무 달라서 처음에는 세 가지 생각만 들었다고 하셨다.

'무슨 일이지. 뭔 일이지. 남의 집인가?'

아빠는 그렇게 한참 동안 현관에 서 계셨다. 현관에 들어서시기 전에 카메라가 있을 거라고 살짝 귀띔을 해두어서 망정이지, 그마저도 이야기를 미리 안 했으면 내가 유튜브 영상을 편집하면서 쓸 수 있었을 리액션 장면이라고는 음소거 모드로 놀란 두 눈을 떼굴떼굴 굴리시는 장면뿐이었을 것이다. 아빠는 방문과 문틀, 방문 손잡이까지 모두 바뀐 집 모습에 놀라서 내가 태어나서 본 아빠의 표정 중 가장 눈을 크게 뜨고 집을 둘러보기 시작했다. 1.2리터짜리 페트병에 담긴 생수를 잔뜩 사다 두고 마시던 아빠였는데 부엌에 정수기가 떡하니 있고, 거실에는 70인치 대형 벽걸이 TV가 걸려 있으니 당황스러우실 수밖에. 특히나 화장실 문을 열어본 아빠는 인생에서 가장 행복하면서도 놀란 표정을 하고 서서 바뀐 화장실을 멍하니 바라보셨다. 나중에 소감을 여쭤보니 잠깐 출장을 다녀온 사이에 이 공간에서 무슨 일이 있었던 건지 도무지 이해할 수가 없었다고 하셨다.

그뿐만이 아니었다. 아빠의 말에 따르면, 아빠는 이 집에 그렇게까지 정이 없었다고 한다. 먼 타지에서 공사를 하고 시간이 한참 지나서 어쩌다 집에 돌아오면 먼지가 뽀얗게 쌓여 있는 집, 인기척 하나 없이 냉골같이 차갑고 낯선 공기가 휘감는 집, 한 귀퉁이에서 하룻밤 자고 떠나면 그만인 집… 아빠에게 그 집은 그런 집이었다고 한다. 그런데 그랬던 그 집의 모든 모습이 감쪽같이 사라진 것이다. 감동, 감동, 그리고 또 감

동뿐인 공간을 전부 돌아보고 나서 주방 한쪽에 떡하니 세워
둔 냉장고 앞에 와서야 아빠의 눈시울이 붉어졌다. 에이, 이
때 눈물이나 한 방울 떨어뜨려주시지. 얼마나 눈물을 잘 참으
시던지 내가 편집하면서 무릎을 탁 쳤을 정도다. 아빠! 콘텐츠
감정 좀 잡게 도와주지 거참!! 아빠가 거기서 눈물 한 방울 툭
떨어뜨려주셨으면 조회수가 100만은 더 추가됐겠다!

아빠는 그 집에서 10년이 넘도록 사는 동안 한 번도 가
져본 적 없었던 에어컨과 침대를 보면서 기가 막히셨을 것이
다. 그뿐인가. 새로 탈바꿈한 화장실에서 샤워를 하고 나오며
엄청나게 기뻐하셨다. 여기가 내 집이 맞느냐며, 여긴 우리 집
이 아니라고 연거푸 아이처럼 해맑게 이야기하셨다. 샤워하
는 내내 싱글벙글했을 아빠의 표정이 내 눈에 선하다. 그런 아
빠의 표정과 리액션을 보던 내 기분은 로또 당첨이 된 걸 알
아차린 사람의 심정만큼 기뻤다. 인생에 두 번 다시 맛보기 힘
든, 기분 째지는 보람과 성취감이었다.

아빠의 둥지는 이제 예전의 낡은 모습이 하나도 남아 있
지 않다. 요즘도 아빠는 현관에 들어서면 신발을 벗을 때도 신
발장 옆의 벽을 손으로 짚지 않는다고 하셨다. 혹여나 벽지
에 손때가 묻을까 봐 걱정된다며 지우개를 들고 다니며 집 벽
에 생긴 얼룩을 지우고 다닌다고도 하셨다. 사람은 뭔가에 애
정을 쏟을 수 있을 때 즐거워지나 보다. 아빠는 벗어나고 싶어

했던 옛집을 누구보다도 애지중지하게 되면서 행복해지셨다. 진짜 안식처가 예순둘에 생긴 것 같다고도 하셨고, 포근하게 마음이 내려앉는 것 같다는 표현도 하셨다. 아빠가 그런 표현도 할 줄 아신다는 걸 이제야 알았다.

　　전에는 집이 집 같지 않아서 지방으로 반평생을 떠돌며 일하셨는데, 이제 아빠는 집 주변을 멀리 떠나지 않으신다. 아무리 큰 공사가 생겨도 집에서 출퇴근하고 싶어 하시게 되면서 대전 근처의 일만 하시고자 의지를 내기 시작했다. 그 일련의 시간들을 지켜보니 아빠에게 심적으로 안정과 여유가 생긴 듯했다. 그러자 생전 가지 않던 동창 모임에도 나가기 시작하셨다. 함께 일하는 동료 분들과 회비를 모아서 일본, 대만으로 여행을 가시거나 친척들과 국내 여행도 다녀오시곤 했다. 미래를 항상 불안해하던 게 습관이던 아빠는 이제 오늘 하루를 즐길 수 있는 사람으로 조금씩 바뀌어나갔다.

　　나이가 많은 사람은 바뀌기 어렵다고들 하는데, 집이 바뀌니 사람이 완전히 바뀌었다. 이전의 어두웠던 얼굴은 온데간데없고 밝아진 얼굴 덕분에 주변에서 잘 생겨지셨다는 이야기를 수천 번은 들었다고 하신다. '사람은 바뀌지 않는다', '사람은 바꿀 수 없다'라고들 한다. 하지만 그 사람이 갇혀 있던 세계를 박살 내버릴 수만 있다면, 그곳에서 그 사람을 꺼낼 수만 있다면, 분명 사람은 바뀔 수도 있다는 깨달음을 아빠로부터 얻었다. 그러므로 내 삶을 둘러싼 환경은 변한 게 하나도 없는데 다른 건 쏙 빼놓고 사람이 변하지 않는다고 말하는 것은 잘못된 투정이다. 사람은 환경이 송두리째 바뀌고 나서야 비로소 조금 변한다.

30년 된 낡은 아파트였던 공간을 전부 부수어버렸다(위).
밝고 환해진 공간은 아빠의 삶을 환기시켜주었다(아래).

키워졌다면 응당 키워낼 차례가 온다
: 아빠와의 첫 해외여행

예전의 아빠는 마음의 여유가 털끝만큼도 없이 쫓기듯 살던 그런 아저씨였다. 딸들이 어디에 가자고 하면 한사코 '시간이 없다', '일이 바쁘다', '팀으로 일해야 해서 빠질 수 없다'와 같은 온갖 핑계를 대며 여행 제안을 거절하셨다. 아니, 거절한 게 아니라 거의 질색 팔색 하시며 기피하셨다. 몇 번 실랑이를 겪고 나자 여행이 즐겁지 않고 부담스러웠을 아빠의 마음이 이해가 가서 더 이상 강요하지 않았다. 해외여행을 가자는 말에 하도 의견 통일이 안 되어서 모처럼 만에 국내 펜션 여행을 잡은 적이 있다. 그건 그나마 괜찮으셨는지 막상 여행지에서는 그렇게 좋아하실 수가 없었다. 그런데도 아빠는 비행기만 타자고 하면 큰일이 나는 줄 아셨다.

그런데 집이 박살 나고 나서부터는 아빠가 많이 바뀌셨다. 요즘은 내가 어디에 가야 한다고 하면, 아빠는 이제 포기했으니(?) 일정을 마음껏 잡으라고 하신다. 아빠는 삶에서 중요한 게 뭔지를 배웠다고 하셨다. 딸이 저렇게 고생하면서 노력해줬는데, 일이 인생에서 뭐가 그렇게 중요하다고, 그걸 죽어라 붙잡고 있었는지 모르겠다면서 그동안 정작 중요한 걸 잊고 있었다고 말씀하셨다. 이제는 딸이 가자면 어디든 두말 않고 따라나서겠다고 말하는 아빠의 말에 정말 감사했고 기뻤다.

"아빠 그전엔 이런 핑계 저런 핑계로 다 마다하더니, 지금은 왜 같이 떠나온 거야?"

내 질문에 아빠가 1초도 망설임 없이 대답하셨다.

"영상 속에서 우리 딸이 저렇게 피 땀 흘리면서 집을 고치겠다고 노력하는 걸 보면서 눈물이 다 나도록 깨달았어. 딸도 저렇게 노력해주는데, 아빠가 돼서 못할 게 뭐 있나. 이제 딸내미가 하자는 건 아빠는 무조건 고(go)야. 전에는 일만 했잖아. 그동안은 일을 안 하면 큰일 나는 줄 알고 살았어. 그런데 지금은 뭐가 제일 중요한지 깨달았어. 일 그까짓 것 다 뒤로 제끼고 딸이 부르면 아빠는 무조건 갈 거야."

감동이었다. 아빠를 가두고 있던 어둡고 두터웠던 벽이 부서져내린 게 틀림없었다.

효도 여행의 골 때리는(?!) 배신

그렇게 내 나이 서른일곱이 되어서야 아빠와 동생과 첫 가족여행으로 해외여행을 갈 수 있었다. 앞으로 적어도 1년에 한 번씩은 본가 가족들과 함께 바다 건너 세상에 나가리라고 결심하면서 우리 가족의 첫 번째 해외여행지로 필리핀 세부를 선택해 비행기 티켓을 끊었다. 여러 나라 가운데에서 굳이 세부를 고른 데는 나름의 이유가 있었다. 지구의 70%는 바다다. 즉, 해외여행을 다닐 때 수중 액티비티를 즐길 수 있으면 그만큼 갈 수 있는 곳에 한계가 없어진다는 뜻이다. 나는 아빠가 조금이라도 젊으실 때 바닷속을 들여다볼 수 있는 바탕을 마련해드리고 싶었다. 그런 맥락에서 세부는 한국인들이 프리다이빙을 배우기 위해 즐겨 찾는 휴양지였고, 아빠를 조용히 프리다이빙 학교에 입학시켜버리기에 안성맞춤이었다.

보통 연로하신 부모님을 모시고 가는 '효도 여행'이라고 하면 가이드를 동반해 정해진 코스를 둘러보는 여행을 떠나기 마련이다. 하지만 나는 아빠의 첫 해외여행을 그런 뻔한 기억으로 남겨드릴 생각이 전혀 없었다. 나와 모리가 세운 회사인 '오다 투어'의 모토가 '경험을 잇다'일 정도로 우리 부부는 인생에서 새로운 경험치를 쌓는 걸 중요하게 생각한다. 나는 아빠가 이제 막 해외여행을 시작한 초보 여행자로서 세부 여행을 통해 그 이후에 하실 여행들을 위한 예행연습을 단단히 해두시길 바랐다. 물론 부모님의 체력이나 건강 상태에 무리가 가는데 자식의 의지만으로 이런 여행을 계획할 수는 없다. 감사하게도 아빠는 육체노동으로 체력이 단단히 다져진 상태이신 데다 크게 아프신 곳도 없으셨기에 내가 이런 무모한(?!) 여행을 계획할 수 있었음을 밝혀둔다.

아빠는 좋은 수영장이 딸린 리조트에 숙박한다고 어린 아이처럼 기뻐하시다가, 곧 수강실로 끌려들어가 어리둥절한 표정으로 앉으셨다. 이곳에서 무엇을 하게 될지 미처 파악이 안 된 아빠를 보며, 나는 이미 결제해서 환불도 안 된다는 말을 덧붙이면서 아빠에게 프리다이빙 강습을 시작하셔야 한다고 전했다. 강사님과 함께 수강생들이 크게 웃는 와중에 아빠만 혼자 매우 당황하시고 울상인 표정을 지으셨지만 금세 현실을 받아들이셨다. 물론 미래에 무슨 세션이 기다리고 있는지 알았다면 당장 자리를 박차고 도망가셨을 것이다.

아빠는 어둡고 깜깜해 아무것도 보이지 않은 바닷속으로 몸을 던지셨다. 일렁이는 바다에 처음 들어가게 되면 몸을 제대로 가누는 것만으로도 벅차다. 여기에 긴장하고 놀란 나머지 심장까지 요동을 친다. 그 바람에 숨이 자꾸만 차올라 평소보다 정신없이 헐떡거릴 수밖에 없다. 자꾸만 얼굴을 세차게 때리는 애꿎은 파도 때문에 숨 쉬랴 바닷물 마시랴 아빠는 정신이 없으셨을 것이다. 아빠는 지금 바다에 동동 떠 있는 것 자체만으로도 힘겨운데, 그 와중에 심연을 향해서 숨을 참고 깊이 내려가는 훈련을 해야 하는 궁지에 몰린 것이다. 내가 이에 대한 모든 설명을 아빠에게 미리 했다면 어땠을까? 아마 한국에서 비행기표를 끊기도 전에 해외여행 계획은 취소됐을 것이라는 데 내 열 손가락을 건다. 거친 효도를 때려 붓는 딸 때문에 때 아닌 풍파를 맞게 되신 아빠에겐 좀 죄송했지만, 분명 아빠가 이런 경험들을 해보지 않고 할아버지가 되어버리신다면 두고두고 아쉬움이 남았을 것이다. 때문에 더 늦출 수 없었다.

우리 삶은 바다와 같아서

바닷속은 참 신기한 게 수면에서 내려다보면 한없이 까맣다. 그리고 사람은 앞이 보이지 않으면 두렵다. 심연의 깊이에 공포가 떠밀려온다. 저 안에 귀신이나 괴물이 숨어 있다가 내 발목이나 머리채를 잡아끌지도 모른다는 본능적인 두려움에 빠지게 만든다. 그럼에도 바다는 꽤나 우리 삶과 닮아 있다. 어렵겠지만 잠시만 내 안의 두려움을 모른 척한 채, 폐에 공기를 가득 채우고 몸을 거꾸로 뒤집어서 바닷속으로 내려가다 보면 갑자기 빛을 머금은 바닷속 풍경이 잘 보인다. 빛이 굴절되어서 겉에서는 보이지 않을 뿐, 사실 사람이 숨을 참고 갈 수 있는 거리만큼만 내려가도 바다 밑은 굉장히 밝다. 조금만 더 바닷속으로 내려가 보면 시야가 바로 환해지면서 물고기, 바다거북, 이들이 사는 산호초 등 그곳에 있는 새로운 세상이 보인다.

그리고 그런 풍경은 5초도 채 걸리지 않는 찰나의 순간 건너에 있다. 나는 이 경험이 우리 삶과 너무 닮아 있다고 생각했다. 미지의 바다에 몸을 처음 던질 때는 얼마나 두려운지 오금이 저리고 토할 것만 같다. 하지만 막상 그 어둠 속을 향해 머리 방향만 바꿔도 바닷속에서 밝게 빛이 비추고 있는 모습을 발견할 수 있는 것이다. 가보지 않은 길이 막연히 두려워서 우리는 늘 수면 위에 둥둥 떠서 숨만 헉헉거리고 있는 것은 아닐까?

이런 맥락에서 내가 아빠에게 가르쳐드리고 싶었던 것은 단순히 바다 수영, 프리다이빙이 아니었다. 내면에 항상 내재되어 있던, 미지의 경계를 넘는 것에 대한 두려움을 뚫고 새로운 것에 도전하는 경험의 기회를 아빠에게 제공하고 싶었다. 아빠는 여지껏 그런 삶을 산 적이 없으시다. 품 안에 끌어안고 키우진 못했더라도 딸들에게 다달이 들어가는 생활비를 보내주어야 했던 아빠. 어떻게든 자식들을 책임져야 하는 가장으로서의 삶 때문에 아빠는 새로운 경험이나 선택을 할 여유 따위는 없었다. 그런 상황들로 인해 아빠는 안정적인 삶을 흔들어놓을 만한 변수를 절대 선택하지 않는 습관과 가치관을 갖고 평생을 사셨다. 나는 강제적으로 학습된 아빠의 그런 삶의 태도를 계속해서 부러뜨리고 싶다. 아주 가루를 내버릴 작정이다. 아빠의 삶을 보호해주던 선택들이 과거의 우리 가족을 어떻게든 살게 해준 것은 사실이다. 하지만 그런 선택의 방식이 점점 굳어져서 아빠를 가두는 딱딱한 알 껍데기가 되어버린 것 같았다. 그 껍데기들은 꽤나 단단해서 아빠가 자신만의 삶을 살지 못하게끔 만들었을 것이다. 나는 앞으로도 그런 아빠의 알 껍데기들을 하나씩 깨뜨려버릴 예정이다. 나이가 드셨다고는 해도 아빠 역시 계속해서 성장해나가는 존재이니까.

　　나는 프리다이빙을 시작하며 바닷속에 처음 몸을 던졌을 때 너무 무섭고 놀라서 허우적대며 그날 아침에 먹은 망고를 죄다 바다 위에 토해버렸다. 그것도 강사 선생님 얼굴에. "죄송해요"라고 외치는 내 주변으로 물고기와 작은 해파리들이 몰려들었는데, 나는 내가 물고기 집어에 소질이 있다는 걸 그때 처음 알았다. 초등학교 때부터 수영을 배웠기 때문에 물은 충분히 만만했고, 수영 실력도 기본 이상으로 탄탄하다고 자부하던 나였다. 하지만 바닷속은 내게 처음 만나는 우주였고, 그 안에서 나는 아무것도 할 수 없는 작은 존재라는 걸 느끼자 한없이 무서워진 것이다. 그 보이지 않는 심연에 왈칵 놀라서 몸속에 있던 장기들이 음식물을 다 게워낼 정도로 두려웠다.

그런데 터질 듯한 심장 소리 사이로, 실용적인 생각이 강하게 파고들었다. 나름 거금의 수업료를 내고 바다 건너 여기까지 와서, 아깝게 돈을 날릴 수는 없다는 생각이 든 것이다. 본전 생각은 '다들 프리다이빙이란 걸 배웠어도 지금껏 살아 있는 걸 보면 나도 죽진 않겠지'라는 생각으로 이어졌다. 이윽고 나는 두 눈을 딱 감고 그냥 물속으로 거꾸러졌다. 가타부타 따지거나, 거기서 물러섰다면 나는 평생 바닷속을 자유롭게 누빌 줄 아는 즐거움을 코앞에 두고 뒤돌아 도망갔을 것이다. 그리고 평생 동안 바닷속 심연에 대한 두려움을 극복하지 못했을 것이다.

좋은 걸 나누고 싶은 마음, 받은 걸 되갚고 싶은 마음

지난 몇 년간 유튜브 크리에이터로 활동하면서 나는 살면서 받을 수 있는 칭찬을 전부 다 들은 것 같다. 특히 '아빠의 둥지' 프로젝트를 비롯해 친정 아빠나 시댁 어르신들이 등장하는 영상들의 경우에는 나를 '효녀'라고 말씀해주시는 감사한 댓글들이 참 많다. 하지만 사실 나는 효녀가 아니다. 아빠와 나는 5년 정도 서로 연락을 제대로 하지 못하고 지내기도 했다. 아니, 안 하고 살았다는 편이 더 맞을 것이다.

IMF로 집안이 풍비박산 난 후 아빠는 자식들에게 늘 죄스러운 마음에 연락을 하지 못하셨다. 각각 중학생, 고등학생이던 나와 동생은 집안의 어려운 상황을 이겨나가기엔 현실적으로 너무 어린 미성년자에 불과했다. 결국 세 부녀는 매달 생활비를 부치고 받을 때를 빼고는 살가운 연락을 나누지 못하고 살았다. 지방 공사 현장의 모텔을 전전하며 간신히 우리의 생활비와 학비를 버시며 버티던 그때가 아빠 인생에서 가장 우울한 터널을 지나던 시간이었을 것이다. 얼마나 연락을 안하고 살았는지 우울증 등의 영향으로 심근경색이 찾아와 쓰러지셨을 때도 우리들에게는 연락을 하지 않아 뒤늦게 큰아버지의 연락을 받고서야 아빠가 입원한 병원에 찾아갔을 정도다.

아빠는 이런 모든 이야기를 그동안 가슴속에 꽁꽁 깊숙하게도 봉인해두었다가 집이 박살 나는 경험을 해보고 나서야 마음을 조금씩 여셨다. 아빠의 느슨해진 마음 틈새로, 그간힘껏 꾸겨놓았던 마음들이 새어나왔다. 나는 그걸 정말로 기쁘게 생각한다. 우리는 그렇게 서로에게 미안하고 죄스러워서 가까이 지내지 못했던 멀고도 먼 부녀 사이였다. 그런 시절을 지나와서인지 나는 그동안 아빠에게 하지 못했던 애정과 미안함의 표현을 마음껏 할 시간을 갖고 싶었다. 그래서 지금 내가 해야 할 도리를 미루지 않고 그저 열심히, 집중적으로 몰아서 했을 뿐이었다. 그럼에도 불구하고 많은 분들에게 과분한 사랑과 관심을 한 몸에 받았다.

이런 과거지사가 있다 보니 '지호호님 정말 효녀세요'라는 댓글들을 보면 정말 머쓱하고 쥐구멍에라도 숨고 싶을 정도로 면목이 없다. 하지만 그런 부끄러운 내 마음을 치유해준 것 역시 '어동이네 라이프' 유튜브 채널 구독자 분들의 다정한 댓글들이다. 이제야 아빠의 지난 인생을 되돌아보고 당신이 겪었을 그 시간을 치유해드리고자 시작한 나의 행보를 든든하게 지켜봐주고 응원해주시는 구독자 분들 덕분에 나는 겸연쩍은 마음에도 불구하고 아빠의 새로운 일상을 위한 다양한 프로젝트를 더 열심히 기획하고 실행하게 된다.

좋은 것을 나누고 싶은 마음, 받은 것을 되갚고 싶은 마음. 그 마음을 사랑이라고 부르지 않는다면 무엇을 사랑이라고 말할 수 있을까? 어려운 가정 형편과 부모의 빈자리로 인해 정서적으로나 경제적으로 많이 부족한 청소년기를 보냈음에도 불구하고 나와 내 동생이 제 몫의 삶을 살아가는 어른으로 성장할 수 있었던 것은 아빠의 지난 희생이 있었기 때문임을 안다. 이제는 내가 청소년기에 일시불로 받은 아빠의 사랑과 은혜를 강제 효도로 되갚을 시간이다. 특히 해외에서 아빠에게 사소한 것부터 하나씩 설명하고 가르쳐드리다 보면 문득 이런 생각이 들었다. '어렸을 땐 아빠가 날 키웠는데, 이제는 내가 좀 커서 아빠를 키워드리고 있구나.' 이는 실로 또 다른 깨달음이었다. 아빠가 어린 내게 걸음마를 가르쳐주고, 세상을 가르쳐주었듯, 자식인 우리에게는 부모님을 키워드려야 할 시간이 반드시 돌아오더라. 한 말을 또 하고, 거듭 다시 해야 한다 해도 부족하니 너그러운 마음으로 어른들에게 베풀고 부모님께 내가 받은 은혜를 잘 갚아나가자.

우리는 다들 어렸을 적 부모님으로부터 보살핌을 받고 성장했으면서도 다 크면 정나미 없이 떠나버린다. 앞서 말했던 뻐꾸기 새끼마냥, 훌쩍. 하지만 기꺼이 고개를 돌려 우리를 키우느라 늙고 지친 부모님이 덩그러니 낡은 둥지 안에 홀로 남아 있는 모습을 바라봐야 한다. 젊은 사람들에게는 새로운 문화를 누리는 게 너무 쉬운 일이다. 우리는 그런 좋고 새로운 것들을 우리만 누리는 데서 그친다.

하지만 우리가 지금까지 부모님으로부터 받아온 것들을 생각하면 내가 누리는 좋은 것을 부모님과 늘 나눠야 한다는 데까지 생각이 뻗쳐야 한다. 이게 그리 어려운 일도 아닌데, 우리는 너무 쉽게 간과한다. 우리가 혼자 큰 게 아닌데 은혜를

갚을 줄도 모르고 말이다. 그런 의미에서 다시 말한다. 우리가 오늘날 누리고 있는 모든 것은 어린 시절 부모님으로부터 다 일시불로 받은 것들이라는 사실을 기억하자. 그것들이 언젠가는 부모님께 다 갚아드려야 할 사랑과 은혜라는 걸 잊지 말자. 우리 젊은 애들, 눈치 챙기자.

우리는 아이를 낳기 위해
결혼한 게 아니다

여느 부부가 그렇듯 2세에 대한 이야기를 할 때면 모리는 나지막한 목소리로 자신의 2세는 어떤 녀석일지 궁금하다고 말했었다. 모리는 우리가 같이 산 지 얼마 안 되었을 때부터 자신은 아기에 대한 미련도 없거니와 아이를 낳으려고 나와 사는 게 아니라고 말했다. 모리는 자신이 '박지호'라는 사람을 선택했기 때문에 우리가 함께 사는 거라고 늘 강조해왔다. 아이는 우리 사랑의 우선순위에서 한참 뒤라는 이야기를 늘 해왔을 만큼 모리는 무엇보다 우리 둘 사이가 가장 1순위라고 말했다.

그랬던 모리였지만 서로 함께하는 삶이 편안해지고 안정적인 국면에 접어들자 자연스럽게 그 다음 챕터가 궁금해졌나 보다. 사실 우리는 둘 다 톡톡 튀는 성향을 가진 사람들이었다. 그런 공대생 아빠와 미대생 엄마 사이에서 어떤 2세가 나올지 궁금하기는 했지만 감히 그 일을 실현할 생각은 못했다. 특히 여자인 나는 내 나이를 지나는 여자들의 공통적인 고민으로 인해 임신과 출산, 육아에 대한 두려움이 대단히 컸다. 나는 '임출육' 때문에 '내가 사라질까 봐' 걱정스러웠다. 가뜩이나 나는 해외를 오가며 영상을 찍는 일을 하고 있고, 다양한 대외 활동 속에서 기쁨을 찾는 활동성이 대단한 사람이었다. 그런 내게 아이를 낳는다는 것은 지금껏 내가 해오던 모든 것을 내던지고 포기해야 할 가능성이 있다는 말과도 같았다. 그런 생각들 때문에 갈등하는 나를 두고 모리는 이렇게 말했다

"지호, 내가 퇴근하고 나서 너를 돕겠다고 살림과 육아를 한들, 이 문제는 어쩔 수 없이 여자가 감당하고 희생해야 하는 시간이 발생해. 물론 나는 너를 전적으로 도울 거야. 하지만 네가 정말 아이를 낳고 키우는 삶을 원하는지 한번 생각해봐. 외부의 어떤 영향도 받지 않고 오롯이 네 마음만 살피면서 결정을 내렸으면 해. 그래야 네가 육아로 힘들어서 네 선택을 뒤돌아봤을 때 후회가 없고 진짜 행복할 수 있어. 나는 내가 이미 결정한 방향에 대해서 너한테 말하지 않고 기다릴 생각이야."

모리가 이 말을 하고 난 뒤로 장장 3년이라는 시간이 흘렀다. 서른다섯 내지 서른여섯 살 즈음에는 임출육으로 인해 나라는 존재가 사라질까 봐 걱정했지만 어느새 내 나이도 서른여덟 살이 됐고, 우리 둘이 일군 성취들도 어느 정도 안정권에 접어들게 됐다. 희한하게도 사람은 안정감 있는 삶을 성취하고 일상이 편안해지면 그 다음 단계로 호기심이 넘어가나 보다. 나도 점점 모리와 나 사이에 아이가 생긴다면 어떤 삶을 살아가게 될지 궁금해졌다. 무엇보다 주기적으로 산부인과 검진을 다니던 병원의 담당 의사 선생님께서 어느 날 차트를 덮으며 내게 한마디를 던지셨다.

"지호씨, 우리가 지금 누리는 체력이 계속될 것 같지만, 지호씨 자궁은 나이가 정해져 있어요. 시간이 얼마 없어요."

세상사 모든 일은 내가 노력하기만 하면 다 해낼 수 있을 거라고 생각했는데, 자궁의 나이라니! 그것만큼은 내 맘대로 되는 문제가 아니었다. 내가 선택할 수 있음에도 하지 않는 것과 선택을 할 수 없어서 못하는 것은 그야말로 하늘과 땅 차이다. 그런 생각이 뇌리에 팍 꽂히자 '이제는 정녕 아기를 가질 때가 됐다'라는 결심이 섰다. 그러고 보면 나는 완벽한 딩크주의자는 아니었던 모양이다. 그리고 우리 부부는 솔직히 말해서 지금까지 놀 만큼 많이 놀았다. 둘이 이루고자 했던 건 웬만큼 이루었고, 하고 싶었던 것들도 원 없이 해본 입장으로서 이제는 그만 놀아도 될 것 같았다. 정말로 때가 된 것이다.

10개월의 기다림 끝에 찾아온 기쁜 소식

우리는 한 달에 한 번, 참가 인원은 오직 두 명뿐이지만 가족회의를 한다. 각자 먹고 싶은 안주를 차려놓고 앉은 자리에서 나는 의기양양하게 "자, 이제 2세를 준비할 때가 된 것 같아. 어때?"라며 안건을 외쳤다. 소맥을 말던 모리가 시원하게 원샷을 넘기더니 "좋습니다!"라고 말하는 순간 안건이 의결됐다. 하지만 생각보다 임신은 쉽지 않았다. 결심만 하면 바로 생기는 게 아기인 줄 알았더니, 의외로 임신이라는 건 모든 상황과 타이밍이 맞아야만 가능하다는 것을 처음 알았다.

배란기 테스트도 해보고, 보건소에 가서 신혼부부 검진도 받고, 난임병원까지 가서 둘 다 검사를 해봤지만 우리 모두에겐 아무런 이상이 없었다. 하지만 몇 달간 아무 일도 일어나지 않으니 마음이 점점 초조해졌다. 의료적 기준으로 일반적인 신혼부부가 피임 없이 부부 관계를 맺는데도 불구하고 1년이 넘어가도록 임신이 되지 않으면 '난임 부부'라는 타이틀을 붙여준다고 한다. 나는 우리가 원하지 않는 타이틀을 얻게 될까 봐 굉장히 마음을 졸였다. 10개월쯤 지났을 때 모리는 아이가 안 생기면 우리끼리 털뭉치 아이들을 데리고 살면 된다면서 시험관까지는 고생스러우니 생각도 말라고 내 마음을 도닥였다. 덕분에 나도 '그래, 내년까지 안 생기면 기왕 이렇게 된 거 내가 좋아하는 일이나 더 맘껏 하자'라는 생각으로 제주도 한 달 살기를 홀가분하게 떠났다.

제주에 내려가 있는 동안 만발한 유채꽃밭 사이를 누룩이와 마음껏 뛰어다니고 바다와 말들 사이를 노닐며 즐겁게 시간을 보냈다. 그러는 사이 새로 추진 중인 사업을 준비하고 기존에 하던 일들도 처리하며 제주에서의 시간을 보냈다. 그런데 안양 집으로 돌아갈 시간이 다가올수록 점점 컨디션이 나빠졌다. 자도 자도 피곤하고 집중력이 떨어져서 업무 효율이 뚝뚝 떨어지기 시작한 것이다. 그 무렵 그간 복용했던 약들도 왠지 찜찜해서 먹지 않은 채 간신히 제주도 한 달 살기를 마무리하고 집으로 돌아왔다. 그런데 이게 웬일? 집에 도착하자 급체를 하고 열까지 펄펄 나기 시작했다. 모리가 코로나에 걸린 것은 아닌지 걱정하며 타이레놀 복용을 권할 정도로 아팠다. 그렇게 이틀간 누워 앓다가 문득 집에 딱 한 개 남아 있던 얼리 임신 테스트기가 생각났다.

10개월이 넘도록 매번 한 줄이 뜨던 임테기에 실망을 많이 해왔던 터라, 나는 이번에도 별 소식이 없을 거라는 마음으로 임신 테스트를 했다. 테스트를 마치고 이를 닦다가 얼핏 돌아본 내 눈에 임테기의 두 줄이 희미하게 보였다. 나는 '응, 역시 비임신은 두 줄이지' 하고 생각하며 닦던 이를 마저 닦았다. 그렇게 5초쯤 흘렀을까? 으응? 두줄이라고?! 유튜브 크리에이터이기도 했고, 언젠가 이 순간이 오면 꼭 영상으로 기록을 남기리라고 결심을 하고 또 했기에 나는 무의식적으로 고프로 카메라를 켰다. 이윽고 덜덜거리는 손으로 다시 확인한 임테기에는 두 줄이 선명히 떠 있었다. 그렇게 감격스러움과 믿기지 않는 표정이 교차하던 내 표정을 영원히 기록으로 남길 수 있었다.

하지만 막상 내가 임신했음을 실감한 것은 임테기가 보여준 두 줄 때문이 아니었다. 주변 사람들의 놀라움과 기쁨이 가득한 표정을 보고 나서야 나는 임신을 제대로 실감했다. 모리는 연신 "진짜?!!!"만 외치며 소리를 질러댔고, 동생은 오열했다. 친구들은 하나같이 "바라면 이루어지네!!" 하면서 다들 자기가 임신한 것처럼 함께 기뻐해주었다.

우리는 좋은 부모가 될 준비가 됐을까?

한편 임신 당사자였던 나는 임신을 확인한 순간, 놀라움, 두려움, 신기함, 기대감, 기쁨과 두려움 등 수많은 감정이 교차

했다. 임신 기간이 짧은 동물들에 비해서 사람의 임신 기간이 10개월이나 되는 건 '자, 이제 너희들이 부모가 될 순서니까, 마음을 다잡고 육아 지옥을 받아들일 준비를 하라'며 신이 정해준 게 아닐까? 배가 불러오고 태동이 느껴지는 하루하루를 실감하며 이 모든 일들이 세상 밖에 나올 준비를 하는 이 녀석을 받아들이는 과정이라는 나름의 깨달음이 생겼다.

모리도 나의 '임밍아웃'에 나만큼이나 충격과 기쁨을 느꼈는지 임테기의 두 줄을 본 당일에는 푸르스름해진 창밖 너머로 동이 틀 때까지 한숨을 쉬며 잠을 이루지 못했다. 모리는 문제를 걱정할 시간에 대비부터 착착 하는 성격이다. 모리는 그날 밤새도록 앞으로 아이를 어떻게 키울지, 얼마를 더 벌어야 할지, 양육을 하느라 몰두한 나머지 우리가 우리의 삶을 잃는 상황이 발생하면 어떻게 될지 생각했다고 한다. 아니, 절대로 그렇게 두지는 않겠다는 결심으로 똘똘 뭉쳐서 뇌가 왱왱 돌아갔다고 한다. 인터넷에서 본 '임밍아웃' 영상 속 남편들은 대개 울고불고 감격하는 모습이 많았다. 하지만 나랑 같이 사는 이 남자는 그저 계획을 세우느라 한숨을 쉬었다는 걸 이해하기에 나는 그가 내쉰 한숨이 서운하지 않았다. 이런 게 바로 노산 부부가 가질 수 있는 감정적 여유로움이다.

계획형 인간인 모리는 나의 임신을 확인한 날 밤, 소아과예약 앱부터 베이비시터 앱까지 전부 다 설치해버렸다. 이미 육아 프로젝트의 초기 기획이 마련된 모양이었다. 이후 며칠 동안은 퇴근하고 나서 샤워를 하러 들어가서도 샤워기 물소리보다 더 큰 소리로 한숨을 쉬어대는 모리를 보며 나는 우리 아가의 태명을 '숨숨이'라고 지었다. 모리가 힘껏 고민하는 모습을 보며 그가 지금 아빠가 될 준비를 하고 있구나 싶은 생각이 들었다. 이로써 우리가 인생 3막을 맞이했음을, 그리고 기꺼이 변해야 하는 때가 왔음을 깨달았다.

나는 앞으로 남은 임신 기간을 '우리도 엄마 아빠가 처음이니 아기 숨숨이 너도 협조해라' 하는 마음가짐으로 잘 보내보려 한다. 많은 산모가 뜨개질을 하거나 음악회나 전시회 감상을 하며 태교할 때, 나는 작업실에 틀어박혀 유튜브 영상 편집을 하고 이 책을 쓰느라 머리를 싸매고 사업 때문에 골머리를 앓겠지만 이것 또한 나만의 스타일로 최대한 행복한 태교를 하는 방식이라고 믿는다. 임신을 했다고 해도 내가 해오던 일을 손에서 내려놓지 않는 게 내게는 중요하기 때문이다. 모리와 나는 2세를 맞이하면서 무엇보다도 아이가 중심인 가정이 아니라 부부가 중심이 되는 가정을 만드는 것을 우선순위로 두었다. 우리 부부를 중심에 두고 사이드에 숨숨이를 포지셔닝하기로 마음먹은 것이다.

아직 숨숨이가 태어나지 않은 지금, 모리와 나는 아이가 태어난 이후에도 각자의 삶이 삭제되지 않도록 각고의 계획을 세워나가고 있다. 가령, 베이비시터님을 모시는 것도 그중 하나다. 낮 동안 시터님께서 일정 시간 숨숨이를 돌봐주시는 동안 나는 어동테라스 하우스 2층에서 내가 해야 하는 업무를 처리하며 재택근무를 계속해나갈 계획이다. 물론 산욕기에는 휴식하며 회복에 힘쓰고 20킬로그램이 넘게 불어난 몸도 되돌리는 숙제를 열심히 하려고 한다. 어동이네 유튜브 채널 운영도, 우리가 일으킨 또 다른 사업도 육아를 하는 동안은 진행 속도가 느릴지언정 뭐 하나 내려놓지 않는 것. 그것이 우리가 아이를 낳고 난 이후에 해야 하는 인생의 도전 과제인 셈이다.

다 그런 것은 아니지만 육아를 시작한 엄마들은 보통 3년 정도는 사회생활에서 증발한다. 아이를 낳았다는 소식은 들렸는데 그 다음부터는 연락이 안 되는 게 부지기수다. 어린 아이를 키우는 엄마 입장에서는 모임은 꿈도 꿀 수 없는 삶이 펼쳐지는 게 대부분이다. 하지만 우리는 우리가 기존에 누리던 생활방식을 최소한이라도 영위하면서도 숨숨이를 그 삶에 끼워주려고 한다. 그래야 가족 모두가 행복할 수 있을 것이라고 강력하게 믿는다.

아이는 언젠가 자라서 성장을 하면 자신만의 사회가 생긴다. 그때 덩그러니 경력단절 여성이 되어 집 안에만 머무르는 엄마가 되고 싶은 생각이 내게는 추호도 없다. 내가 이 활기찬 생활선상에서 멀어지지 않으려고 애쓰는 이유는 지금 내가 가진 재능과 감각이 아이를 키우느라 정체되어버리면 훗날 트렌드를 쫓아갈 엄두가 나지 않을 것 같아서다. 그런 의미에서 내가 벌어들인 한 달 수입이 전부 베이비시터님을 고용하는 데 들어간다고 해도 나는 그게 의미 있는 일이라고 본다. 엄마가 자신의 커리어를 지켜나가기 위해 비용을 쓰는 것은 미래를 위해서도 스스로를 위해서도 가치 있는 일이다. 물론 계획대로 모든 일이 착착 돌아가진 않을 것이다. 하지만 그럼에도 대비를 해야만 많은 일을 또 꿈꾸고 계획할 수 있게 된다.

숨숨아, 너도 우리 팀이 된 것을 환영해.

우리도 부모가 처음이니까 부디 협조 잘해주렴!

PART 3.

무엇이든 될 수 있고, 어디로든 갈 수 있다

"미래의 나와 현재의 내가
끊임없이 대화를 주고받다 보면
오늘 하루 매 순간
내가 살아 있음을 온전히 느끼게 된다.
그것이 우리가 우리만의 방식으로
우리의 삶을 아름답게 채워나가는 방법이다.
우리는 무엇이든 될 수 있고
어디로든 갈 수 있는 존재들이니까."

전직 스님,
현직 CEO입니다

흔히 하는 말 중에 '이판사판 공사판'이라는 말이 있다. 대개 일이 돌아가는 모양새나 판국이 정신없고 엉망진창일 때 사용한다. 하지만 현재의 이러한 쓰임새와 달리 이 말은 본래 불교에서 유래한 표현이다. 오래전 불교에서는 승려를 이판승(理判僧)과 사판승(事判僧)이라는 두 부류로 나누었고, 이판사판은 이 둘은 한데 합쳐 부르던 단어다. 이판승은 승려의 본분을 다하며 참선을 통한 수행에 힘을 쓰는 승려를 뜻한다. 사판승은 주로 잡역에 종사하면서 사찰의 유지에 힘쓰는 승려를 가리킨다. 그런데 이런 의미가 현대에 조금 변형되어 이판은 불교 내부를 사판은 바깥세상을 이르는 단어가 됐다. 이판사판의 유래에 대해 이토록 장황한 설명으로 이 글을 시작하는 이유는 내가 이판사판 양쪽에서 다 살아본 사람이기 때문이다. 그런 나를 두고 사회에서는 출가자, 불교계에서는 이탈자라고 불렀다.

앞에서도 이야기했지만 나는 지방대를 졸업하고 우연한 계기로 박서보 학장님 문하에서 일을 하게 됐다. 이후 몇 년이 지나자 나의 진로를 한 번 더 재정비하고 보다 명확하게 해야겠다는 생각이 들었다. 한편, 더 나이가 들기 전에 젊은 나이에 할 수 있는 새로운 경험을 해보고 싶었다. 그 결과, 나는 스물일곱 살 봄, 출가하기로 결심했다. 서양화를 전공했지만 나는 사찰 지붕의 형형색색 단청을 참 좋아했기에 절에서 매일을 보내는 삶이 꽤 괜찮을 것 같았다. 그리고 무엇보다 삶을 사랑했던 나로서는 유일하게 선택할 수 있는 지혜로운 자살 방법이었다. 이전의 내 모습으로는 이제 그만 살고 싶었다. 나는 내 삶이 늘 꽤나 괜찮았다. 하지만 딸을 바라보는 엄마의 시선은 달랐던 것 같다. 엄마에게 나는 더 잘 키울 수 있었는데 아쉽게도 인생이 기구해서 망친 자식처럼 보였던 것 같다. 엄마라는 사람은 내 인생을 있는 그대로 인정해주지 않았다. 엄마는 내가 늘 더 번듯하거나 잘나지 못해서 불안해했다. 그리고 불안함으로 인한 짜증을 때때로 폭발시키곤 했다. 나를 늘 각 잡힌 상태로 견고하게 재단하고 싶어 하던 그 관리자 같은 시선에 시달려서 나는 정말이지 미칠 지경이었다.

그런데 출가하면 엄마가 내게 기대하는 것들을 모두 끊어버릴 수 있을 것 같았다. 한편, 별것 아니라는 취급을 받았던 예전의 나를 스스로 버려버리고 싶었다. 내 딴에 이전 삶은 끝내버리자는 마음에서 종교에 귀의하는 방식으로 나름의 사회적 자살을 선택한 것이다. 이런 불량 출가자를 감사하게도 불교계에서는 받아주었다. 그렇게 나는 불교계 내부에서도 가장 규모가 큰 조계종파의 애기스님이 됐다. 서울 상경 후 살았던 원룸 자취방의 보증금은 동생에게 주고 가구와 물건들은 팔거나 주위에 나눠주며 하나둘 신변을 정리했다. 도깨비처럼 들이닥친 나를 한없이 넓은 마음으로 거둬주신 박서보 학장님께도 큰절을 올리고 출가 다짐을 말씀드렸다. 당시에 학장님께서 출가 다짐을 하도 믿지를 않으셔서 나중에 출가승 등록용 증명사진까지 보여드려야 했을 정도다.

이번에도 인생의 판을 미련 없이 바꿔보자

출가를 목전에 두고 나는 속세에서 하는 마지막 여행을 기획했다. 장소는 프랑스 파리. 사회에서의 삶을 정리하고 수행자로서의 삶을 시작하기 전에 에펠탑만은 두 눈으로 보고 싶었다. 마치 미용실에서 잡지를 보다가 박서보 학장님을 꼭 만나야겠다는 생각에 급히 서울로 상경했을 때처럼 파리 여행 준비도 놀라운 추진력으로 진행했다. 약 3주 동안의 여행으로 기획한 파리 여행은 당시 내게 머리털이 남아 있을 때 하는 마지막 여행이었다. 그때의 마음가짐은 시한부 삶을 남겨둔 사람이 자기 앞의 세상을 천천히 보고 느끼기 위해 매 순간 집중하고 음미하려는 마음과 별반 다를 게 없었다. 그래서일까. 10년도 더 된 여행인데도 당시 파리 여행의 기억은 지금도 마치 어제 일처럼 생생하다. 거리에 앉아 있던 홈리스 할아버지에게 내 점심이었던 샌드위치를 건네던 순간, 카페에서 동전을 떨어뜨려 요란하게 소리를 낸 덕분에 주위의 시선을 오롯이 받았던 순간… 속세에서의 마지막 여행에서 진한 기억들을 남기고 나는 이내 한국으로 돌아왔다.

탁발식을 마치고 '우진'이라는 법명까지 받고 나니 속세를 떠나 종교에 귀의한 것이 실감 났다. 하루아침에 사회에서의 내 모습이 가뿐하게 사라져버렸다. 이전의 나는 이제 죽었다고도 생각했다. 불교에서는 머리카락을 번뇌의 검은 풀뿌리라고 여긴다. 탁발을 통해 머리카락을 없앤다는 것은 수행에 정진하고 기도에 최선을 다할 수 있도록 번뇌의 풀을 밀어버린다는 의미라고 했다. 마음먹고 실행한 일이긴 했지만 차마 거울을 볼 자신이 없어서 며칠간은 거울을 보지 않은 채 지냈다. 평생 머리털을 가지고 살다가 민머리가 된 내 머리통은 스스로 온도조절을 하지 못하게 된 것에 적응이 되지 않았는지 정수리에 열이 났다 차갑게 식었다 열꽃이 피고 난리가 났다. 눈썹 칼로 깔끔하게 다듬어왔던 눈썹도 이제는 미적으로 다듬으면 안 된다며 스님에게 혼났다. '꾸밈이란 이제 없다'는 새로운 문화에 모든 게 신기했다.

흔히들 절에서의 생활은 고요하고 정적일 것이라고 생각한다. 하지만 출가한 스님들의 일상은 꽤나 바삐 돌아간다. 사판의 세계만큼이나 이판의 세계도 녹록치 않다. 내가 있던 절에서는 스님들이 보통 새벽 네 시에 일어나셨다. 갓 출가한 햇병아리 애기스님이었던 나는 그보다 더 일찍 일어나야 했다. 적어도 세 시에는 일어나 법당에 물도 떠놓고 걸레질도 하고 과일도 쌓고 절 방석도 털어두는 등 매일 해야 하는 허드렛일이 한둘이 아니었다. 집안일을 하듯 사찰 구석구석을 보살피는 일들을 하고 남는 시간에는 불경을 암송해야 했다. 한 달에 한 번 시험이 있었기 때문이다. 지금 생각해보면 바깥세상(?)을 그리워하지 못하도록 빡세게 굴린 것은 아니었을까 하고 짐작해본다.

나는 내게 닥친 상황은 그것이 무엇이든 진심으로 열심히 하고자 했기 때문에 바깥세상, 그러니까 사판에서 쌓았던 커리어나 지식은 모두 머릿속에서 지워버렸다. '나는 바보다. 그러니 이제 막 태어난 아기 새처럼 이판의 모든 것들을 받아

들여보자.' 이런 맘의 '짜세'와 태도, 정말 기가 막히지 않은가?
캬~! 인간에게는 어떤 시대를 살든 변하지 않고 싶은 보편적인
본능과 욕구가 있다. 특히 사회에서 분리되고 고립되는 것에
대한 지대한 두려움이 있는데, 때로는 그 판을 용기 있게 뒤집
었을 때 새로운 삶의 가닥이 열린다는 사실을 깨달았다. 일단
정신과 태도가 열정적이다 보니, 용하게도 어떻게 살든 어디서
살든 기본 이상은 살아진다는 것을 확인했다. 나는 역시나 생
존의 아이콘이어서 이판의 세계에도 잘 적응했다.

짧았던 출가 생활에 종지부를 찍다

어느 정도 시간이 지나자 사찰에서의 바쁜 하루 일과와
경전 공부 등에 익숙해졌다. 신체적으로는 더할 나위 없이 편
안해진 상태가 된 것이다. 하지만 이상하게도 정신적으로는
출가 생활이 몸이 편한 것만큼 편안하지 않았다. 비유를 하자
면 세상에 연고가 없는 어린아이들이 가득한 고아원에 들어
온 느낌이었달까? 세상의 인연을 모두 끊고 속세를 떠난 사람
들은 대부분 보통 사람들이 아니기 마련이다. 특히 갓 출가해
서 우왕좌왕하며 이판의 때를 벗어야 하는 무리들 가운데에
는 부처님 미소를 머금은 자비로운 비구니 스님들이 많지 않

았다. 그런 분들은 대부분 외딴 산속, 깊은 절에서 홀로 조용하고 맑게 사신다. 절도 하나의 사회인지라 수행하는 사람들 사이에서도 인간관계로 인한 피로들을 완벽하게 피하긴 어려웠다.

내가 머물렀던 절의 위치도 마음을 들썩이게 하는 이유 중 하나였다. 내가 출가해서 머물게 되었던 절은 도심에 위치한, 사람들이 등산을 하려고 즐겨 찾는 산의 초입쯤에 있었다. 그렇다 보니 출가를 했다고는 하지만 속세의 사람들이 오고 가는 모습이 자주 눈에 밟혔다.

출가한 뒤 1년이 채 되지 않았을 무렵이었다. 어슴푸레한 새벽에 절간 앞에 새로 심어둔 나무에 한참 동안 물을 주고 있을 때였다. 담장 밖에서 재잘대는 소리와 함께 사회 초년생쯤으로 보이는 여자 둘이 재잘거리며 출근하는 모습이 보였다. 긴 생머리에 웨이브를 넣고, 구두를 또각거리며 걸어가는 젊은 여자들의 모습을 보는 순간, 내가 연을 끊고 온 바깥 세상의 모습이 파도처럼 밀려왔다. 반짝이는 네온사인, 크고 작은 도시의 소음, 그 안에서 서로들 치이며 열심히 하루를 살아내는 사람들… 그 순간 나는 정확하게 들었다. '그래, 1년여 정도면 충분히 경험해본 것 같다. 이 정도면 됐어'라고 말하는 내 내면의 목소리를. 절에서 스님들끼리 하는 말로 하자면 '업보가 덜 닦여서 세상으로 도로 끌고 나가는 마구니가 낀' 상황이 된 것이다. 나는 사판으로 돌아가서 더 재미있게 살아보고 싶어졌다. 어쩌면 1년이 채 되지 않는 출가 생활 동안 내 존재를 버리고 싶었던 처음의 그 마음이 사라졌는지도 모르겠다.

갑작스러웠던 출가 결심처럼 환속하는 과정도 일사천리였다. 나를 애지중지 아끼셨던 주지스님은 너무나 아쉬워하셨지만 인연이 종료되었음을 빠르게 받아들이셨다. 내가 이래서 불교가 좋다. 오고 감에 미련이 없다. 속세로 돌아오면서 나는 원래 사용하던 이름도 개명했다. 그래야만 완전히 다른 삶을 살 수 있을 것 같았다. 모든 건 선 실행으로, 부모님에게는 후통보로 이루어졌다. 내 인생이 당장 심란해 죽겠어서, 상부에 보고를 하고 허가를 받고 실행을 하는 과정을 견디기가 어려워서, 한 방에 해치워버린 것이다.

이후 나는 생계를 위해 적당한 직장을 다니다가 동국대학교 교육대학원에 진학해 학부 때 전공을 살려 미술교육 석사 과정을 공부하고 초등학교 미술 선생님으로 일하게 됐다. 20대 중후반 시절 다양한 직업을 거치는 동안 내 삶의 방향을 자유롭게 선택하길 반복하면서 나는 한 가지 확신을 얻었다. 어떤 선택을 하든 내가 살아질 길은 분명 만들어진다는 것. 그리고 그렇게 쌓은 어떤 경험은 그 다음 나의 선택을 더 윤택하게 만든다는 것.

특히 짧은 기간이었지만 속세와의 인연을 과감히 끊어

본 경험은 내 인생의 주도권은 오롯이 나에게 있음을 실감했던 귀한 시간이었다. 이때 이후로 나는 웬만한 일에는 눈썹 하나 까딱하지 않고 해결책부터 고민하는 사람이 됐다. 어떤 곤경에 처한다고 해도 머리 빡빡 깎은 내 모습을 거울로 처음 봤을 때의 경험보다 더 당황하고 놀랄 일은 없으니까. 그런 당찬 기세로 살아서인지 지금의 나는 유튜브 크리에이터이자 여행사의 대표로 활동하면서 은퇴 후 아빠의 삶을 위한 홍삼 사업도 론칭하고 종종 방송에도 얼굴을 내비치며 내 삶과 일을 주도적으로 이끌어가는 중이다.

어느 N잡러의 직업 변천사
: 앞으로 평생직장은 없다

10대 시절 나는 하루라도 빨리 아르바이트를 시작하는 것이 소원이었다. 돈이 늘 부족했던 나와 동생은 매 학기마다 급식 지원서를 챙겨 내야 했고, 교복도 저소득 가정 지원 사업을 통해 지원받아 입었다. 당시 700원이었던 야채김밥 한 줄을 사 먹을 돈이 없어서 굶은 날도 있었을 정도다.

나는 수능을 끝내자마자 한 유명한 프랜차이즈 죽집에서 아르바이트를 시작했다. 다른 친구들은 홀가분한 마음으로 극장이며 쇼핑몰을 누비고 다닐 때 나는 앞치마를 둘러메고 일했다. 그런 처지에 푸념 따위를 늘어놓을 새도 없었다. 오히려 내 손으로 돈을 벌 수 있어서 안심이 되는 한편, 경제활동이 가능한 나이가 된 게 기뻤다.

세상에 무의미한 일은 없다,
숨겨진 의미만 찾을 수 있다면

앞에서도 여러 차례 이야기했듯이 대학생 때도 애견숍 아르바이트를 비롯해 돈을 벌 수 있다면 닥치는 대로 다양한 일을 받아 했다. 하지만 돈을 목적으로 일하는 와중에도 나만의 의미를 찾는 것을 놓치지 않았다. 이건 의식적으로 했다기보다 나의 타고난 기질이 발휘되어서 그랬던 것 같다. 가령, 미대생이라는 전공을 살려 그림을 의뢰받아 그려주고 돈을 받기도 했는데, 그때마다 내게 그림을 의뢰해준 분들의 마음을 헤아려 내가 받는 돈 이상으로 그림을 더 그려드리곤 했다.

당시 나는 단추를 키우고 있었기 때문에 과제로든 취미로든 단추의 모습을 유화로 자주 그렸다. 반려동물을 키우는 사람들이라면 누구나 공감하겠지만, 내가 키우는 이 작고 사랑스러운 존재를 그림으로 남겨 소장하고 싶을 때가 있다. 반려동물들은 수명이 인간보다 짧기 때문에 더더욱 그런 마음이 든다. 물론 사진으로도 그 모습을 추억할 수 있지만, 그림은 조금 더 특별한 느낌을 선사한다. 그래서 나는 네이버에 카페를 개설해 반려동물 그림을 그려주거나 굿즈를 만들어주는 일을 기획했다. 그런 나를 보고 처음에 동기들은 푼돈을 벌려고 비싼 유화 물감으로 작품을 그린다며 타박했다. 하지만 나중에는 늘어나는 주문량을 보고 자기들도 같이 아르바이트를 하면 안 되겠냐고 할 정도로 꽤 수입이 좋았다.

　　나는 내 전공을 살려 돈을 버는 것도 좋았지만, 그보다 이 일을 하면서 사람들이 어떤 포인트에서 감동을 받는지 알게 될 때 기뻤다. 나도 아픈 강아지를 키우는 입장이었기 때문에 몸이 아프거나 신체 장애가 있는 반려동물 그림을 의뢰받으면 마음이 유난히 저릿하고 신경이 쓰였다. 그래서 가령 한쪽 눈이 없는 강아지의 그림을 의뢰받았다면 그 강아지의 실제 모습이 반영된 그림과 더불어 양쪽 눈이 다 있었다면 어땠을지를 상상하며 그린 그림을 모두 그려서 의뢰인에게 전달했다. 물론 돈을 더 받지는 않았다. 그저 내 마음이 그렇게 하고 싶어서 그랬다. 그로 인해 감동의 피드백을 받으면 그것으로 나는 이미 충분히 행복했다. 그 일을 하면서 나는 내가 진심으로 다가가면 결과물을 받은 이들도 내 마음을 알아준다는 사실을 몸으로 경험했다. 그것이 내가 내 일에서 의미를 찾는 방법이었다.

신참 보험설계사에서 초고속 강사 승진까지

나는 한때 생명보험사에서 보험설계사로 일하기도 했다.

보험회사 신입 사원들은 보통 2~3개월 정도의 교육 과정을 거쳐야 보험 판매를 할 수 있는 자격과 스킬을 갖추게 된다. 그렇게 회사 내부 시스템에 따라 철저히 교육을 받고 실전에 나가게 되지만, 몇 달에 걸친 교육이 무색할 만큼 교육생의 절반이 현장 업무에 적응하지 못하고 나가떨어지고 만다. 그럴 수밖에 없는 건 보험설계사라는 직업의 본질은 영업이기 때문이다.

보험설계사의 커리어는 회사가 구성한 보험 상품을 팔아 얼마나 새로운 고객을 확보하고 기존 고객을 유지하는지 여부로 판단된다. 그러다 보니 신참 보험설계사들은 실적을 올리기 위해 부모나 친구들처럼 가까운 지인들에게 보험 가입을 부탁하는 방법을 취한다. 고맙게도 이 사람들은 당장 필요가 없더라도 내 사정을 헤아려 가입을 해주기도 한다. 하지만 생판 모르는 남들은 다르다. 이들은 실적을 올려야 하는 내 사정에 공감해줄 까닭도, 절실한 필요를 느끼지 못하는 보험에 가입할 이유도 없기 때문이다. 게다가 보험은 매달 일정 수준의 돈을 내고 그 혜택을 받는다는 측면에서 일종의 구독 서비스에 가깝다. 한 번 보험에 가입하면 통장에서 다달이 돈이 빠져나가게 되니 새로운 고객을 유치하는 건 생각처럼 쉽지 않다.

결국 처음에 같이 교육을 받은 동기들이 10명이었다고 치면 나중에 남는 사람들은 한두 명뿐이다. 나는 언제나 그랬듯이 보험회사에서도 끝까지 살아남은 교육생 중 한 명이었다. 회사에서는 실적이 좋으면 다양한 리워드를 지급했는데 승부욕이나 성취에 대한 간절함이 대단했던 나는 치열하게 고객을 만나러 다녔다.

신참내기 보험설계사로 일하는 동안 나는 실적 상위권을 달리는 영업의 선배들을 많이 만났다. 산전수전 다 겪으며 고객을 유치하고 관리하던 그분들은 자기 인생과 직업에 최선을 다하는 멋진 롤모델이었다. 진심으로 일하는 사람들만이 사회 속에서 자기만의 영업을 펼치며 살아남을 수 있는데, 그분들은 그 사실을 간파하고 잘 이용한 사람들이었기에 배울 점이 많았다. 똑똑하게 사리분별을 하고 다른 사람을 섬세하게 배려할 줄도 알았다. 그곳은 물러터지면 절대 살아남을 수 없는 세계였으니까.

나는 다양한 사람들에게 진심으로 정직하게 다가갔는데 그 정직함이 곧 성공의 지름길이라는 깨달음을 얻은 바 있다. 일례로 어느 날 강아지 단추를 데리고 산책하던 중 나는 벤치에 묶인 자전거 잠금장치를 푸시느라 애쓰는 할아버지를 도와드린 적이 있다. 이 일을 계기로 그분과 이야기를 나눌 기회가 생겼고 이후 이 할아버지께서 내 고객이 되어주셨다. 알고 보니 이 할아버지는 경찰대를 퇴직한 교수님이셨는데, 열심히 일하는 내 모습을 보시고는 주위의 인맥들을 엄청나게 많이 소개해주셨다. 덕분에 나는 신참 딱지를 떼기도 전에 월간 목표 매출을 연달아 달성해 지점 대표로 마이크를 잡고 앞에 나서서 영업 노하우를 공유할 일이 자주 생겼다.

정직함이나 진솔함을 잠깐은 흉내 낼 수 있다. 하지만 그것이 진심이 아니라면 오랜 시간이 지나지 않아 결국 거짓임을 들키기 마련이다. 인성은 꾸며내기 어려운 자질이다. 따라서 한순간에 갖춰지지 않더라도 우리의 인생을 그쪽 방향으로 꾸준히 계속해서 잘 다듬어가야 한다고 생각한다. 그렇게 하다 보면 주변에서도 내게 따뜻한 응원의 사인들을 보내준다. 이 사회는 혼자 사는 곳이 아니다. 그래서 나는 내가 타인에게 베푼 만큼 내게 그 베풂이 어떤 경로로든 돌아온다고 믿으며 산다. 꼭 그 사람이 내게 직접적으로 갚지 않는다고 해도 말이다.

'망했다'라는 단어를 멸종시킨 미술 선생님

내가 거쳤던 여러 직업 중 사회적으로 가장 직업 안정성이 뛰어났던 직업이라고 할 수 있는 일은 초등학교 미술 선생님이었다. 교육대학원을 다닐 때부터도 '선생님은 안 해야지!'라는 내 생각은 명확했다. 나는 임용고시에도 전혀 관심이 없었다. 우리 집에서 내가 반은 가장의 역할을 하며 살아야 했는데, 대학교에 이어 대학원까지 다녔으면 공부는 충분히 했다고 생각했다. 그리고 사회적으로도 나를 설명할 학벌의 기본기는 갖추었다고 생각해서 이만하면 충분하다고 판단했다.

무엇보다도 임용고시를 준비하는 기간 동안, 그러니까 운이 좋다면 1년, 일반적으로는 2년이란 시간을 투자해서 공부를 하다 보면 어떤 경제활동도 하지 못할 게 뻔했다. 심적 여유도 없는 주제에 공부만 할 순 없는 노릇이었기에 일찌감치 임용고시를 볼 생각도 하지 않은 것이다. 나는 임용고시 준비를 하는 데 시간을 쓰는 대신 모리와 함께 '오다 투어'라는 스타트업을 창업하는 데 사용했다. 그리고 그 선택은 결과적으로 내 인생의 방향을 엄청나게 바꿔버렸다.

임용고시에는 응시하지 않았지만 교원자격증이 있었기에 나는 초등학교에서 기간제 미술 선생님으로 일하며 생계를 이어갔다. 정교사로서든 기간제 교사로서든 누군가를 가르치는 것은 정말 커다란 책임감과 윤리의식이 필요한 일이라고 생각한다. 조금 과장해서 표현한다면 한 사람의 영혼을 조각하는 행위라고까지 여겨진다. 반면에 교사의 차가운 말 한마디나 잘못된 행동은 한 아이의 영혼에 상처를 내기도 한다. 그래서 나는 아이들을 가르치던 시절, 그 어느 때보다 말의 중요성을 염두에 두고 영혼을 성숙시키는 말, 마음을 성장시키는 말을 아이들에게 해주려고 노력했다.

내가 초등학교 미술 선생님으로 일하며 가장 잘했다고 지금도 자부하는 것은 내가 가르치는 아이들에게 '망했다'라는 말을 절대 쓰지 않도록 했다는 사실이다. 아이들은 그림을 곧잘 그리다가도 습관적으로 "아, 망했다"라는 말을 내뱉곤 했다. 그런 모습을 교실에서 목격할 때마다 나는 "그건 망한 게 아니고 아직 덜 그린 거야"라고 고쳐서 다시 이야기해줬다. 끝까지 완성을 하고 나서 그런 말을 하면 모르겠지만, 끝까지 다 그려보지도 않고 쉽게 체념하고 포기하는 뉘앙스의 말을 하는 것이 안타까웠다. 망했는지 아닌지 알려면 끝까지 해봐야만 안다. 그런 내 말에 용기를 얻었는지 이후로 내 미술 수업에서는 끝까지 집중해 자기 작품을 완성해내는 아이들이 늘어갔다. '망했다'라는 말도 교실에서 점차 사라졌다. 그때 처음으로 나는 '이런 게 바로 교육의 힘이구나' 실감했다.

이렇게 보람된 측면도 있었던 한편, 교직 생활은 내 기질과 썩 들어맞지 않았다. 선생님이라는 직업은 여러 면에서 안정적인 직업이 분명했지만, 나란 사람이 안정을 추구하는 성향이 아니었다. 아이들을 가르치는 것은 즐거웠지만 학교는 굉장히 보수적이고 수직적인 사회였다. 방학이 있긴 했지만 내 망아지 같은 열정과 야망을 발산하기에 몇 달간의 방학은 부족했다. 보람 있고 안정적인 삶과 조금은 다른 삶에 대한 호기심 사이에서 격렬하게 줄타기를 할 즈음이었다. 함께 일하던 기간제 미술 선생님 한 분이 미술학원을 창업할 결심을 하시고는 재계약을 앞두고 돌연 퇴직을 선언하셨다.

여러모로 쿵짝이 잘 맞았던 이 선생님은 미술학원을 차릴 자리도 이미 알아봐두었다면서 함께 부동산에 가자고 했다. 선생님과 동행해 학원을 열 작은 상가를 둘러보고 계약서 작성을 하는 모습까지 보고 온 날, 마치 내 일인 것처럼 마음이 두근거렸다. 지금 이 선생님이 운영하는 미술학원은 전국에 체인점이 90개가 넘는 대형 프랜차이즈 미술학원으로 성장했다. 학교에서 존재감 없던 기간제 선생님 두 명은 이제 서로의 도전을 응원하는 대표들이 되어 지금까지도 좋은 동료로 지낸다.

구체적인 방향은 다를지언정 비슷한 방식으로 삶을 살아가는 이들이 곁에 있으면 그것이 내 삶을 일구어가는 큰 동력이자 용기를 주는 원천으로 작용한다. 덕분에 '내추럴 본 N잡러'였던 내 마음속에서는 새로운 꿈이 꿈틀대기 시작했다.

여행을 좋아해서
여행사를 차렸습니다

한참 기간제 초등학교 미술 선생님으로 일할 무렵이었
다. 학교의 행정 업무와 동료 선생님들과의 인간관계 등 아이
들을 가르치는 것 이외의 일들로 심신이 지쳐갈 때였다. 모리
는 그런 내게 여름방학 동안 함께 몽골 여행을 떠나자고 제안
했다. 어디로든 떠나서 지친 몸과 마음을 쉴 수 있다면 장소는
어디여도 상관없었다.

여름의 몽골은 어디에 시선을 두어도 푸른 초원이 시원
하게 펼쳐진다. 게다가 밤에는 별들이 잘 보이다 못해 은하수
가 정말 강물이 흐르듯 하얗게 보일 정도로 별이 쏟아진다. 여
행하는 10일 내내 몽골의 전통 천막집 게르에 몸을 누이고 쉴
때면 모리는 하루도 거르지 않고 내 옆구리를 찌르며 신사업

아이템의 가능성에 대해 이야기해댔다.

"지호야, 지금 잘 때가 아니야! 들어봐. 몽골이 진짜 가깝고 좋은데 한국인이 오기가 너무 어려워. 그리고 와서도 문제야. 여행을 하기가 쉽지 않아. 내가 한국에 돌아가면 사업 계획서를 한번 써볼게."

이 말은 말뿐인 것에서 그치지 않았다. 그렇게 2018년 나와 모리는 가족 같은 친구 작경이와 여행사를 창업했다. '오다 투어'의 탄생이었다. 모든 게 미약한 시작이었지만 함께하는 이가 둘이나 되니 두려울 게 없었다. IBM이라는 번듯한 외국계 회사를 다니다가 한 차례 사업에 실패해본 모리(이 실패의 경험이 나는 무척 중요하다고 생각한다), 평생의 장래희망이 여행 가이드였던 작경이가 있었기에 나는 무척 든든했다. 이 둘은 여행을 사랑하다 못해 인생이 곧 여행으로 절여진 사람들이었다. 하지만 나는 여행을 좋아하는 사람이 아니었다. 여행에 대한 로망도 없었고, 쉬는 날에는 집에서 시간을 보내거나 강아지와 산책하는 것으로도 충분했다.

그럼에도 불구하고 모리는 그런 나에게 내가 지닌 능력을 초등학교에서 썩히기는 아깝다는 말로 현혹해댔다. 나는 결국 모리의 안목을 믿었으므로 그가 내 능력에 보내는 믿음에 부응해보기로 했다.

3평 남짓한 '술방'에서 시작된 오다 투어

우리의 첫 사무실은 앞에서도 이야기했지만 '어동테라스 하우스 버전 1' 봉천동 집의 작은 방이었다. 보통 사업을 한다고 하면 번듯하지는 않더라도 그럴듯한 작업실이나 사무실을 떠올리기 십상이다. 하지만 모리는 나와 작경이에게 실리콘밸리의 사업가들, 예를 들어 일론 머스크나 스티브 잡스도 집에 딸린 차고에서 사업을 창업했다면서 꼭 사무실이 있어야 할 이유가 전혀 없다고 말했다. 그 말에 우리 둘도 동의했다.

우리는 여행사 이름을 '오다 투어'로 정했다. '오다'는 '오후 다섯 시'의 줄임말이다. 보통 직장인들에게 오후 6시는 퇴근을 위한 즐거움을 뜻한다. 그렇다면 오후 5시는 퇴근을 기다리는 설렘을 의미한다고 볼 수도 있을 터. 우리 셋은 여행은 현지에 갔을 때보다 준비할 때의 설렘이 더 크다는 데에 착안해 하루 중 가장 설렘이 클 시간을 회사 이름으로 삼았다.

공간도 마련하고 회사 이름도 짓고 난 후에 내가 한 일은 사업 진행에 필요한 지식이 전무했던 나를 새롭게 세팅하는 작업이었다. 나는 네이버에서 운영하는 오프라인 교육센터로 찾아가서 모든 강의를 다 찾아 들었다. 네이버가 운영하는 스마트스토어는 인지도가 높은 편이고, 입점도 쉬워서 개인 사업을 하는 사람들이 많이 선택하는 플랫폼이다. 사업자

고객이 많이 유입될수록 네이버도 입점 업체들로부터 수수료를 받아 수익을 올릴 수 있는 비즈니스 구조다. 그렇다 보니 네이버 입장에서는 가망 사장님들에게 양질의 교육을 제공한다. 그것이 곧 네이버의 수익과 직결되기 때문에 투자를 아끼지 않는 것이다. 마케팅이나 브랜드 경영에 대해 지식이 없는 사람이라도 누구나 쉽게 이해할 수 있고 실용적이라는 측면에서 자기 사업을 처음 시작하는 분들에게는 네이버에서 제공하는 무료 교육들을 꼭 찾아 듣기를 권한다.

그 다음으로 내가 몰두한 일은 오다 투어의 홈페이지를 만드는 것이었다. 싸이월드 시절부터 갈고닦은, 내 얼굴을 '뽀샵' 하는 데만 고수인 포토샵 실력을 가지고 매출을 이끌어내야 하는 상황에 놓인 것이다. 부족한 디자인 실력으로 당장 상업적인 정보를 담은 상세 페이지나 후킹 페이지를 만들어야 했다. 마치 레고로 건물 조립을 하다가 당장 고층 빌딩 도면을 그려내야 하는 상황과 같았다. 나는 우선 벤치마킹하고 싶었던 브랜드들, 가령 고프로, 용감한형제들, 토스, 쏘카 등등 분야를 막론하고 다양한 브랜드들의 웹사이트를 쥐 잡듯이 뒤지기 시작했다. 그리고 내 나름대로 분석하며 독학했다. 그런 각고의 과정 끝에 만든 오다 투어의 첫 번째 광고 페이지는 모든 지인들로부터 신랄한 비판을 받았다. 모리는 처음부터 다시 해보자고 고개를 가로저었고 어떤 친구는 디자인 외주를 맡긴 곳이 어디냐며 다시 돈 돌려받으라며 대신 성질을 냈다. (친구야, 그거 사실 나야….)

그랬던 시간들을 지금에 와서 되돌아보니 너무 웃기기만 하다. 하지만 당시에 나는 매우 심각했다. 주위의 비난에 깊은 자괴감에 빠졌다. 그러나 그때의 내가 광고 페이지 디자인을 못하는 것은 당연했다. 다만 무식하니 과감하게 지를 수도 있는 상태였다고나 할까? 하지만 결과는 좋지 않았고 대단한 '마상'을 입은 나는 더욱 불같이 고민하기 시작했다. 내가 뿌서지나 상세 페이지 기획 네가 뿌서지나 어디 한번 두고 보자!

이후 이를 악물고 두 달 동안 빡세게 공부하고 구상해낸 오다 투어 홈페이지는 다른 여행사 홈페이지들과는 전혀 다른 색이었다. 확실히 어리숙했지만 보다 더 친근함을 풍기는 데다 우리가 고객들에게 제공할 수 있는 것이 무엇인지 충분히 전달될 수 있는 수준에는 이르렀다. 나는 세상에 완성이란 건 존재하지 않는다고 본다. 오다 투어의 홈페이지는 '그래도 쓸모는 있네' 할 수 있는 정도로 점차 형태를 갖춰나갔다. 나는 내가 세상에 내놓은 디자인의 완성도가 부족하다는 사실을 알고 있었기에 마음이 초조했지만, 글자 간격이나 폰트 콘셉트를 더 정교하게 맞춘다고 해서 고객들이 우리 여행사에 돈을 더 지불하는 것은 아니었다. 그런 고민을 할 시간에 다른 이벤트나 프로젝트를 구상하는 일에 시간을 할당하는 게 맞다고 생각했다. 이외에도 영상도 제작하고, 웰컴 카드도 만드는 등 업무의 경계를 넘나들며 오다 투어의 다양한 업무를 소화해나갔다.

고생은 나만 하는 게 아니었다. 모리는 모리대로 사업 전략을 견고하게 짜느라 애썼다. 매출 전략 기획의 주축이었던 작경이는 모리로부터 여행 상품 기획을 위한 기초부터 배우며 보다 더 많은 수요를 만들어낼 수 있는 여행 상품 기획에 골몰했다. 정보를 얻을 수 있는 모든 경로를 통해 지난 5년간 몽골로 출국한 한국인들의 통계 자료를 구해오는 한편, 몽골 여행에 관한 질문이나 동행을 구하는 게시글 등을 수집해 예비 고객들의 니즈를 분석했다.

각자의 업무를 열심히 해나가면서 우리는 주요 고객을 타깃팅 하는 것도 잊지 않았다. 이 부분을 정확하게 정의해야만 회사의 정체성을 올바르게 설정하고 그에 맞는 상품 기획과 홍보가 이루어지기 때문이다. 우리는 오다 투어의 잠재 고객으로 여행을 좋아하며 아이폰과 맥북을 쓰는 27살의 '오다인'이라는 여자 직장인을 설정했다. 그렇게 세 사람이 밤낮없이 오다 투어에 관심을 쏟은 결과, 창업 5년 만에 총매출 35억 원을 달성하고 몽골, 아이슬란드, 인도네시아 여행 상품을 취급하는 여행사이자 플랫폼 사업으로까지 진출한 회사로 성장했다.

완벽을 기대하기보다 부족한 대로 실행하라

오다 투어가 그리 길지 않은 시간 안에 자기 정체성이 분명한 여행사로 자리 잡은 것은 부족하면 부족한 대로 행동했던 추진력에 답이 있다. 실제로 우리 회사의 초창기 홈페이지는 전문 디자이너들이 보면 참기 어려운 구석이 많다. 홈페이지를 만들 때 기본적으로 지켜야 하는 그리드 간격 외에 서체나 줄맞춤 등 다른 요소들은 말 그대로 날것 그대로였기 때문이다. 지금은 디자인을 전문으로 하는 직원들을 뽑아 홈페이지를 보기 좋게 정돈해가는 중이지만, 초창기 홈페이지는 그야말로 야생 그 자체였다. 하지만 그것이 오히려 우리 회사의 시그니처로 작용했다. 업계의 상위를 다투는 회사들이 여행지 사진이나 구체적인 숫자만 바꿔 넣고 본바탕은 동일한 포맷으로 상품을 소개하는 식의 전형적인 구성이라면 오다 투어는 그런 일반적인 규칙에 얽매이지 않는 자유로운 방식과 친근한 감성으로 무장해 우리의 상품을 소개했다. 그런 점들이 시장에서 신선하게 먹혔다.

가령, 우리는 홈페이지의 모든 글을 20대들 어투에 맞춰 구사했다. 딱딱하고 격식을 차린 말투가 아닌 젊은 친구들이 사석에서 대화할 때 쓰는 말투를 사용한 것이다. 또한, 몽골은 다른 여행지보다 유의할 점이 많아 상세 페이지가 긴 편이었는

오다 투어가 정식으로 출범하던 날의 모습(위).
2018년 창업한 작은 여행사는 6년 후 수천 명의 고객들을
해외로 연결하며 국내외 총매출 35억 원을 달성하는 회사로 성장했다.

데, 웹툰을 보는 듯한 콘셉트로 상세 페이지를 구성해 고객들이 지루해하지 않으면서도 정보를 쉽게 이해하도록 안내했다. 이런 노력들에 MZ세대들이 반응하면서 오다 투어는 우리가 설정한 타깃 고객층들 사이에서 이름이 알려지기 시작했다. 여행 상품을 기획할 때도 기본적으로는 패키지 상품이지만 가급적 자유도를 많이 주는 프로그램으로 구성하려고 했다.

홈페이지도 그렇고, 여행 상품 구성도 그렇고 처음부터 완벽을 기하려고 했다면 여느 여행사들과 비슷한 구성을 따라 안전하게 가는 방식을 택했을지도 모른다. 하지만 우리는 스타트업이기 때문에 할 수 있는 것들에 집중하기로 했다. 만약 각 작업의 완성도에만 치열하게 집중했다면 사업 론칭 시기는 반년 이상 미뤄졌을지도 모른다. 하지만 일단 가동을 시켜놓고 디테일한 부분들은 천천히 조율해나가면서 안정적인 방향으로 바꿔나갔기에 우리는 점차 오다 투어를 확장해나갈 수 있었다.

평생직장을 원치 않는 세대

이제 '평생직장', '평생직업'이라는 고유명사가 우대받는 시대는 저물고 있다. 예전에는 공무원, 선생님이 가장 인기 있는 직군이었지만 그런 말들이 쏙 들어간 지 이미 오래다. 이런 직업들이 '철밥통'이란 말도 여전히 맞는 말이지만, 철밥통 직업을 가진 모두가 행복할지는 모르겠다. 사람들의 성향은 그야말로 다양하기 때문이다. 무엇보다 직업의 형태는 옛날과 같다고 해도 직업을 대하는 다음 세대의 문화와 마인드가 예전과 달라졌다. 우리 부모님 세대만 해도 직장을 구한다는 것은 내 인생을 거는 문제, 생존을 넘나드는 문제였다. 하지만 지금은 굶어 죽는 사회가 아니다. 요즘 세대들은 부모님 세대와 상대적으로 비교했을 때, 치열하고 간절하게 일해야 하는 이유를 찾지 못하는 세대다.

요즘 20대들 사이의 트렌드는 1년 일하고 1년 쉬는 것이다. 주변에서 퇴직금을 챙겨 해외여행을 떠날 준비를 하는 청년들을 쉽게 볼 수 있다. 1년이 짧다고? 그렇다면 최대 3년을 주기로 직업을 바꾸거나 퇴사를 하는 것은 분명한 흐름이다. 이는 한 직장에 인생을 바쳤던 이전 시대와는 전혀 다른 경향이다. 예전에는 한곳에서 적어도 3~4년은 진득하게 일해야만 경력으로 쳐줬다. 그런데 요즘 30대 초반 구직자들의 이력서들을 살펴보면 짧게는 6개월, 길게는 1년 정도 일한 경력들을 쉽게 볼 수 있다.

내 인생을 보다 더 윤택하고 즐겁게 즐기기 위해 일에 적당한 만족감을 느끼면서 어느 정도의 경험을 쌓을 수만 있다면, 직업을 쉽게 바꿀 수 있는 시절이 된 것이다. 그러니 자신이 공부해온 전공을 하루아침에 바꾸게 되더라도, 평생직장일 것만 같던 회사를 그만두게 되더라도 절대 낙담할 일이 아니라는 걸 기억했으면 좋겠다. 인생을 사는 동안 겪는 모든 경험은 늘 우리를 좀 더 나은 방향으로 이끌어주기 때문이다. 그러니 변화를 두려워하지 말자.

하다못해 개똥을 잘 줍는다면 반려견 산책 알바를 할 수 있는 시대다. 아무리 하찮다고 생각되는 일들도 다 쓰임이 있기에 현실에서 반드시 응용할 일이 생긴다. 중요한 것은 미래의 나를 위해 경험치를 쌓는 과정이라고 생각하면서 지금 내가 맞이한 모든 순간에 다 이유가 있으리라 여기는 태도다. 매 순간 주어진 상황에서 최선을 다해 열심히 살 때, 미래의 나는 가능성이 더 커질 테니까. (여기서 '열심히'란 즐기면서 일하는 것을 말한다. 그저 맹렬하게만 열심히 하는 것은 무의미하다.)

유튜브는 취미인가, 직업인가, 업보인가?

오다 투어의 시작이 모리와 함께했던 몽골 여행이었던 것처럼 '어동이네 라이프' 유튜브 채널 역시 모리와의 여행에서 비롯됐다. 오다 투어를 창업하고 2년 차에 접어들었을 무렵, 코로나 팬데믹이 발생했고, 여행사를 운영하던 우리도 큰 타격을 받았다. 우리는 전기차 테슬라를 타고 차박(차에서 숙박) 캠핑 여행을 종종 다녔는데, 취미처럼 하던 일을 유튜브에 올린다 한들 유튜브는 이미 어떤 주제를 가지고 덤벼들어도 새로운 채널이 주목받기 어려운 레드 오션이었다. 그래서 우리는 전략을 짰다. 테슬라가 한국에 막 들어올 시점일 때부터 우리는 테슬라 차주였다는 희귀성을 내세움과 동시에 코로나로 인해 차박이 유행하던 시기였음을 간파해 두 가지 주제(테슬라+차박)를 섞어서 유튜브 첫 번째 영상을 내보내기로 한 것이다. 특히 테슬라에서 뒷좌석을 젖힌 채 앉으면 천장에 머리가 닿는지 여부를 사람들이 궁금해할 것 같았다. 그리고 그 예감은 정확히 들어맞았다. 우리는 전략을 세운 대로 대중들이 궁금해할 만한 정보를 담은 차박 브이로그 영상을 제작해 올렸고, 해당 영상은 순풍을 타는 배처럼 금방 조회수 10만을 기록했다. 어지간한 콘텐츠로는 살아남기 힘든 유튜브 세계에서 첫 번째 영상치고는 대성공이었다.

당시는 코로나로 인해 오다 투어의 모든 업무가 마비된 시점이었기에 나는 이후 유튜브 채널 운영을 집중적으로 하기 시작했다. 이쯤에서 우리 채널 이름을 '어동이네 라이프'라고 지은 이유를 설명해야겠다. 그 이유는 다름 아니라 옛날 할머니들이 동네 개에게는 촌스러운 이름을 지어서 불러줬는데, 그래야만 장수한다고 생각했기 때문이라는 이야기를 어디선가 얼핏 들었던 기억 때문이다. 여기에 더해 우리들의 정체성을 보여줄 수 있는 제목이면 더 좋겠단 생각도 들었다. 그래서 낙점된 채널명은 '어른이들의 동거라이프', 줄여서 '어동이네 라이프', 더 줄이면 '어동이네'. '어동이네'는 우리 유튜브 채널이 레드 오션인 이곳에서 부디 살아남기를 기원하며 대충 촌스럽게 지은 이름이었다.

이후 시즌을 거듭하면서 우리는 차박과 캠핑 이외의 다

양한 주제로 확장해 영상을 만들기 시작했다. 일반적으로 유튜브 세계에서는 해당 유튜브 채널의 정체성을 단어 하나로 정의할 수 있도록 하나의 주제를 전문적으로 파고든다. 하지만 모리와 나는 우리 채널의 주제가 '우리의 인생 그 자체'라고 생각했고, 그런 맥락에서 우리의 다양한 일상을 담는 데 집중했다. 특히 '테라스 하우스' 영상과 '아빠의 둥지' 영상이 크게 알려지면서 채널을 개설한 지 4년여 만에 17만 명 이상의 구독자들이 보는 채널로 성장했다. 덕분에 이제 내 직업을 쓰는 칸에 또 다른 직업이 더해졌다. 바로 유튜버, 또는 유튜브 크리에이터.

맨 처음 유튜브 채널을 개설하고 세 달 동안 밤새워 만든 테슬라 차박 영상을 올릴 때까지만 해도 내가 이렇게까지 영향력이 있는 유튜버로 살아남을 줄은 꿈에도 몰랐다. 주변에서 "유튜브나 할까?" 하고 푸념하는 사람들은 많이 봤지만, 실제로 유튜브 채널을 개설하고 꾸준히 운영하는 사람들은 찾아보기 힘들다. 그러고 보면 인생은 어떻게 될지 모르니 일단 뭐든 도전해보는 마음가짐이 중요한 건 확실하다.

나는 어쩌자고 영상 편집에 손을 댔을까?

일단 뭐든지 한번 시작하고 나면 끝을 봐야만 하는 성격상 나는 영상 편집도 허투루 하고 싶진 않았다. 게다가 유튜브 영상 편집은 내게 인생을 전시하는 갤러리와도 같았다. 생계를 이어가느라 꿈이었던 그림을 접으며 아쉬웠던 마음이 없지 않았다. 그런 내게 나의 삶의 조각을 촬영하고 편집해서 한 편의 영상을 완성해 업로드하는 과정은 일종의 작품을 전시하는 회화적 작업 과정과 같았다. 내게는 어동이네 유튜브 채널이 이루지 못한 창작자로서의 꿈을 보상해주는 통로이자 나만의 작업실인 셈이다. 작가들에게는 자신이 쓴 책이 자식이라던데 내게는 피, 땀, 눈물로 빚어낸 영상 한 편 한 편이 전부 다 자식 같다.

하지만 결과물이 소중하다고 해서 그것을 만드는 과정까지 무조건 사랑하기에는 영상 편집은 참 까다롭고 시간과 에너지가 많이 투여되는 고강도 작업이다. 우선 영상 편집을 하려면 촬영을 해야 하는데 장비를 세팅하는 게 만만치 않다. 그래도 찍는 것은 수월한 편이다. 또 촬영을 할 때는 우리가 기획한 콘텐츠 자체에 푹 빠져서 몰입하는 상태이기 때문에 나름대로 재미와 즐거움이 있다. 그러나 그 뒤에 이어지는 편집 과정부터는 이야기가 달라진다. 일단 방대한 촬영 분량을 5시간이고 6시간이고 봐야 한다. 모리와 티키타카를 나누는 긴 분량의 경우에 우리가 나누는 대화가 맥락도 잡히지 않고 소위 '노잼'으로 흐르기라도 하면 엄한 모리를 붙잡고 뭐라고 한마디라도 던져야 짜증 난 마음이 풀릴 정도로 스트레스가 쌓인 상태가 된다. 그렇게 오랜 시간 집중해서 촬영 분량을 보며 필요 없는 영상을 과감하게 잘라낸다.

그럼에도 이 일을 4년여 동안 손에서 내려놓거나 포기하지 않고 꾸준히 할 수 있었던 비결은 편집 결과물이 주는 희열 때문이다. 영상 편집은 내 생각을 정리하는 이성적인 과정인 동시에 세밀한 조율을 필요로 하는 감성적인 작업이다. 내가 어떤 영상의 스토리 맥락을 결정했다면 그 맥락을 구독자들이 따라오면서 이해할 수 있도록 각각의 컷들을 정리하고 배열해야 한다. 이때 자기 객관화를 하지 못하고 영상 속 내 모습에 빠져 있으면 스토리들이 이어지기는커녕 자아도취에 빠진 오글거리는 영상이 만들어질 가능성이 크다. 그런 부분들을 알아차리고 낱낱의 컷들을 이어 한 편의 이야기로 만드는 작업은 콜라주 작업처럼 흥미롭다.

전공에서도 짐작할 수 있겠지만 나는 표현하는 것을 좋아하는 예술가적 기질을 가졌다. 공공연히 내 꿈은 나 자신의 가능성을 실험하는 '라이프 아티스트'라고 말할 정도니 말 다 했다. 그런 기질이 유튜브 채널 운영과 잘 맞아떨어졌다. 예술가적 성향으로 인해 나는 몰입도 쉽게 하는 편이고 정제된 기획보다는 찰나의 영감을 낚아채서 일하는 편이 수월하다. 목표가 정해지면 그 방향을 향해 혼자 빠르게 달려가는 것을 좋아하는 편이기도 했다. 나는 그런 내 기질을 정확히 파악하고 일의 방식을 바꾸기로 결정했다. 그래서 팀 단위로 움직여야 하는 오다 투어 일은 직원을 채용해 내 몫의 업무를 보강하고, 유튜브 채널에 물리적인 시간을 투자하는 비중을 높여 두 가지 트랙을 한 번에 운영할 수 있도록 조정했다. 이런 조정은 대부분 모리를 통해 수월하게 이루어지는데, 그런 걸 보면 우리는 천생 좋은 비즈니스 파트너가 틀림없다.

수익 파이프라인으로서 유튜브를 생각하다

요즘 초등학생들이 선망하는 직업 1위가 유튜브 크리에이터일 정도로 유튜브 운영은 고수익을 보장하는 직업으로 인식되고 있다. 높은 수익을 올리는 유튜버들의 소식이 신문 기사로도 자주 등장한다. '어동이네 라이프' 채널이 자리를 잡고 구독자 수도 10만 명 이상이 넘어가자 나와 모리에게도 수익이 얼마나 되느냐고 묻는 사람들이 하나둘 생겼다. 하지만 정말 솔직하게 말하건대 우리는 유튜브를 통해 번 돈보다 쓴 돈이 더 많은 적자 채널이다. 아직까지는 확실히 그렇다.

물론 소위 '인급동'이라 불리는 인기 급상승 동영상이 되거나 그렇게까지 차트에 오르지 않더라도 일정 조회수 이상으로 영상이 터지면 돈을 벌 때가 있긴 하다. 모리와 나도 그런 경험을 해봤는데, '아빠의 둥지' 영상이 입소문을 타면서 천만 원 정도를 구글로부터 송금받은 적이 딱 한 번 있다. 여기까지만 들으면 다들 "역시, 거봐. 유튜버 하니까 돈 버네"라고 말할 텐데, 이야기를 마저 들어보시라.

그 천만 원을 받기까지 내가 들인 돈을 생각하면 수익이 났다고 절대 말할 수 없다. 해당 영상에서 나는 아빠의 집을 수리하는 데 들어간 돈을 가감 없이 공개했는데, 당시 공사비로만 700만 원을 지출했다. 그 외에 가전제품 구입비 등 자잘한 지출을 포함하고, 나와 나를 도와준 사람들의 인건비 등까지 고려하면 확실하게 적자임이 분명하다. 여기에 내가 영상을 편집한 시간은 정확히 140시간, 3주는 넉넉히 걸렸다. 나의 노력과 시간은 돈으로도 환산되지 않는다. 그 시간에 내가 다른 일을 했다면 시간당 더 많은 돈을 벌었을지도 모른다.

내가 하고 싶은 말은 '돈을 벌고자 하는 마음뿐이라면 유튜브 하지 말아라'는 것이다. 내가 가진 콘텐츠를 더 많은 사람들과 나누고 싶은 마음, 촬영과 편집을 재미있게 꾸준히 해나갈 결심이 서지 않은 채, 그저 '유튜브 채널을 운영하면 돈을 번다더라' 하는 말에 이끌려 시작할 생각이라면 아마도 커다란 실망을 할 확률이 높다.

그렇다고 해서 유튜브로 수익을 추구하는 것이 나쁘다는 뜻은 아니다. 취미와 애정으로 시작한 일을 통해 자신의 일상을 다른 사람과 공유하며, 지식과 마음을 나누는 동시에 수익도 올릴 수 있다면 그만한 일석이조가 어디 있을까. 실제로 초반의 지지부진한 시기를 잘 견디고 꾸준히 의미 있고 차별화된 영상을 올리다 보면 분명히 사람들이 반응하는 때가 온다. 그리고 그렇게 한 번 분기점을 맞이하면 광고 제안도 들어오는 등 수익화할 수 있는 계기가 마련된다.

그럴 때도 돈을 버는 데만 집중하기보다는 자신이 운영하는 채널의 정체성에 부합하는 광고들을 선별해서 받는 게 중요하다고 여겨진다. 나와 모리도 우리 채널이 상업적인 채널로 보이는 것을 경계해서 처음에는 광고 제안들을 부정적으로만 바라봤었다. 하지만 규모를 갖춘 채널을 유지해나가려면 경제적인 기반도 필요하다는 판단 아래에 '어동이네 라이프'의 특색과 정체성을 훼손하지 않는 선에서 광고를 가려서 받으며 다양한 클라이언트들과 협업하기 시작했다.

습관과 세뇌가 만드는 행복한 노예

매일매일 영상 편집을 하기 위해 노트북 앞에 앉는 일, 긴 시간 나의 한정된 체력과 대결하며 몰입하는 일은 귀찮은 수준이 아니라 엄청난 고민에 빠지게 한다. 결코 쉽지 않은 일이란 말이다. 나는 몰입 집중도가 좋은 편이다. 그래서 한자리에 앉아 12시간을 집중하는 일이 내게는 곧 일상이다. 그렇다고 해도 그날의 일을 다 마친 후에는 몸 상태가 좋지 않기 때문에 잠들기 전마다 큰맘 먹고 내일은 몇 시에 노트북을 펼칠 것인지를 계획해야 한다. 업무에 필요한 시간을 계산하고, 내일은 넉넉히 이만큼 일해야지 다짐하며 잠드는 게 내 일상이다.

마음먹기도 습관이라서 이런 루틴을 꾸준히 손에서 내려놓지 않으면 매일 반복해서 자기 몫의 일을 해나갈 수 있는 굳은살이 생긴다. 나는 이쯤에서 많은 사람들이 '꾸준히'를 실천하지 못해 평범한 길을 걷고 있는 것은 아닌지 넌지시 묻고 싶다. 가령, 매일 하루도 빠지지 않고 3년여 동안 글을 써서 블로그에 올린다면 언젠가는 인지도 있는 인플루언서가 될 것이다. 또한, 매일 운동을 꾸준히 하다 보면 근육 가득한 핫바디를 얻을 수 있을 것이다. 매일의 식단을 신경 써서 정비한다면 살찔 일도 없을 것이다. 하지만 우리는 꾸준함을 유지하지 못해 매번 아쉽고 평범한 결과와 직면한다.

모든 습관은 노력과 의지에 의해 굳어진다. 인생의 변화를 위해 무엇인가 꼭 반복해야 하는 일들을 정했다면 다양한 시도로 꾸준히 할 수 있는 기틀을 마련해보자. 알람을 설정하든, 함께할 수 있는 사람들이 있는 동아리에 가입하든 여러 방법을 모색할 수 있다. 의지가 약한 편이라면 돈을 써서 해결해보는 것도 추천한다. 가령, 스터디를 한다면 벌금 제도를 운영할 수도 있다. 그러면 규칙을 지키지 못해 벌금을 내는 게 아까워서라도 열심히 하게 된다. (나는 벌금 내는 것을 세상에서 최고로 아까워한다.) 무엇이 됐든 꾸준히 하는 것이 살길이다. 인생을 주체적으로 살아가기 위해 자기만의 방향성을 정했다면 그 목표를 위해 반복해야 하는 일을 꾸준히 시도해보자. 다만, 한 가지 당부하고 싶은 게 있다. 그 여정에서 꽤나 고된 자아 성찰의 고통이 동반된다는 점을 잊지 말길.

취미가 직업이 되면 행복할까?

어느 날 망원동의 한 텐동집에서 줄을 한참 서서 기다리다가 자리에 앉았을 때였다. 그 집은 굉장히 인기가 많은 맛집이라서 내가 망원동에 살 적에도 오픈런을 해도 여러 번 실패할 만큼 늘 사람들로 붐볐다. 겨우 실내에 들어와 주방과 맞닿은 자리에 앉았는데, 사장님으로 보이는 청년의 나지막한 푸념이 주방 너머에서 들려왔다.

"취미로 작게 운영할 땐 재밌었는데, 이게 일이 되니까 싫어졌어…"

그 말이 내 귀엔 굉장히 슬프게 들렸다. 좋아하는 일이라고 생각해서 창업했을 텐데, 처음 손님이 왔을 때의 감동과 쾌감이 분명히 있었을 텐데, 많은 설렘과 성취감을 뒤로하고 어째서 이제는 하기가 힘들어진 걸까? 취미 또는 좋아하는 일에 시간을 쏟을수록 그것이 나의 다음 직업이 될 확률이 높아진다. 이때 가장 주의해야 할 점이 있다. 바로 나의 기쁨이 언제까지 유효할지 고민해봐야 한다는 점이다. 취미나 좋아하는 일이 생업이 되었을 때 필연적으로 찾아올 수 있는 지루함이나 재미없음을 이겨내고 앞으로 나아가야 할 이유가 명확해야 그것을 직업으로 선택했을 때 비교적 오랫동안 유지해나갈 수 있다. 유튜브 채널 운영도 마찬가지다.

요즘 동료 유튜버들의 가장 큰 고민은 '내가 이 채널을 언제까지 운영할 수 있을 것인가' 하는 지속가능성에 대한 고민이다. 수십만 명이 넘는 구독자를 지녔던 운영자들이 어느 날 계정을 정리하는 경우도 종종 본다. 개인적인 사정들을 속속들이 알 길은 없지만, 대체로 유튜브 채널 운영이 자신의 삶을 잠식하게 됐을 때 이런 선택을 하는 것 같다. 대다수의 유튜버들은 시작이 엇비슷하다. 대체로 어떤 주제나 활동을 좋아해서 그것에 관한 콘텐츠를 만들어 올리고 공유하는 것이 첫 단추다. 그러나 좋아하던 일이 어느 순간 직업이 되어버리고 나면 오히려 내가 좋아하던 것을 취미로 즐기기 어려운 상황에 처하기도 한다. 가령, 백패킹을 무척 좋아하는 것과 그것을 영상으로 만들어 올리는 것은 전혀 다른 차원의 작업이다. 때때로 유튜브는 내가 좋아하는 것을 온전히 누리는 데 크나큰 방해 요소로 작용하기도 한다. 그 고통을 받아들인 사람이 결국 유튜브 세계에 남는 게 아닐까?

내 생각에 이제 유튜브는 그 자체로 수익을 낼 수 있는 블루칩 같은 공간이 아니다. 그보다는 자신의 브랜드를 뒷받침해줄 수 있는 일종의 브랜드 마케팅 채널로서의 존재 가치가 더 크고 중요하다고 본다. 유튜브에 전업으로 뛰어들었던 많은 사람들이 다시 직장으로 되돌아가거나, 수익에 급급해 고민하고 괴로워하는 모습을 보면 유튜버만큼 불안정한 직업도 없는 것 같다. 수십만 명의 구독자를 기반으로 방송으로까지 진출해 자기 존재감을 대중에게 확실하게 각인시키는 유튜버들은 수억 명이 깔린 피라미드의 꼭대기에 선 희귀한 존재라고 봐도 무방하다. 이 점을 분명히 알고 시작해야만 자신이 좋아하는 것과 자신의 일상을 지켜나가면서 유튜브 채널을 운영해나갈 수 있을 것이다.

당신의 '워라밸'
지켜지고 있나요?

바로 앞에서 나는 '취미 또는 좋아하는 일에 시간을 쏟을수록 그것이 나의 다음 직업이 될 확률이 높아진다. 그러므로 좋아하는 일을 직업으로 삼음으로써 얻게 되는 나의 기쁨이 언제까지 유효할지 고민해봐야 한다'라고 말했다.

하지만 나 역시 부족한 점이 많은 사람이기에 그런 깨달음을 얻기까지 괴롭고 고통스러운 시간을 겪었다. 유튜브 채널 운영에 집중하기로 결정하고 난 뒤로 나는 지금껏 퇴근이 없는 삶을 살았다. 그로 인해 굉장한 스트레스에 시달리다가 간신히 밸런스를 찾은 게 얼마 전 일이다. 이는 수많은 유튜버들의 고질병이기도 하다.

가령, 초등학교에서 미술 선생님으로 일할 때는 오후 4시반이면 공식 업무가 끝났다. 이후 약간의 행정 업무들을 해야 했지만 교문을 나서면 모든 일에서부터 해방되는 기분이 들었다. 직장인의 삶은 온/오프가 확실했다. 주말과 평일도 명확히 구분됐다. 물론 이 말이 직장생활이 쉬운 일이란 의미는 아니다. 비교적 쉼과 업무의 경계가 또렷해 오프일 때의 해방감이 컸다는 뜻이다.

하지만 유튜브 채널 운영은 달랐다. 여기에 더해 직원을 채용하기는 했지만 오다 투어를 위해 내가 신경을 써야 할 부분도 여전히 남아 있었다. 하지만 두 가지 일 모두 손에서 내려놓을 순 없었다. 오다 투어는 내가 공동 창업자로서 애착이 큰 첫 사업이었고, 유튜브 채널 운영은 나의 예술가적 기질을 발휘하며 내 삶을 내 스타일로 마음껏 표현할 수 있는 수단이란 점에서 그랬다.

그렇다 보니 내 삶에 워라밸이 끼어들 틈이 없었다. 사업과 유튜브 채널 운영을 병행하는 동안 얼마나 체력적으로 힘들었는지 가슴에서 종양이 자라 시술을 받아야 했을 정도다. 종일 앉아서 일하는 시간이 길다 보니 치질 수술까지 받았다.

바쁜 삶을 받아들이자 비로소 찾아온 일과 삶의 균형

이 모든 게 언제 어디서든 열정적으로 삶을 살아가고자 했던 내 책임감이 불러온 결과였다. 누가 시켜서 한 일들이 아니니 원망할 사람도 없었다. 나는 시선을 바꾸기로 했다. '일에서 벗어날 수 없는 게 내 운명이구나' 하고 생각하기로 했다. 놀랍게도 마음을 바꾸니 그 순간부터 한없이 자유로워지기 시작했다. 출근도 없지만 퇴근도 없는 삶. 구독자 분들과 약속한 날짜에 새로운 영상을 업로드 해야 하는 삶. 그 삶을 힘들어하지 않고 내가 좋아하는 일을 하는 시간이라고 기꺼이 받아들이기로 한 것이다.

그제야 항상 돌아오는 영상 업로드 마감일이 무섭거나 부담스럽게 느껴지지 않고 내 일상의 자연스러운 루틴으로 스며들었다. 마음만 급해져서 동동거리다 보면 놓치거나 미루는 일들도 생겼는데, 이제는 그것들도 하나하나 챙겨가며 살수 있게 됐다. 가령, 한참 사업과 유튜브 채널 운영을 병행할 적에는 '운동을 해야 하는데' 하면서도 바빠서 운동할 짬이 없다고 미루기 일쑤였다. 반려견 누룩이와 하는 1시간의 산책도 즐겁다기보다 '이 시간에 다른 일을 하면 더 효율적일 텐데' 하고 생각하는 게 다반사였다. (누룩아 미안!)

하지만 해야 할 일, 하고 싶은 일이 많은 내 삶을 온전히 받아들이고 나자 그동안 바쁘다는 핑계로 미루거나 못 본 척했던 일들을 사이사이에 시간을 쪼개서 하게 됐다. 이 원고도 그렇게 짬을 내서 한 줄 두 줄 써나갔다. 틈틈이 핸드폰을 붙잡고 택시에서 지하철에서, 심지어 러닝머신 위에서도 조금씩 글을 써내려갔다. 틈새 시간을 잘 활용하는 것, 내가 하고자 하는 일을 작은 단위로 쪼개서 부담스럽지 않게 조금씩 완수해가는 것은 수많은 자기계발서가 공통적으로 이야기하는 탁월한 시간 관리의 기술이다.

이제 나는 영상 업로드 마감일이 코앞이어도 일주일에 두 번 아침마다 빼먹지 않고 영어 수업을 간다. 어제 새벽까지 일을 했어도 일주일에 두 번 오전에 필라테스를 하러 간다. 매일 1시간씩 누룩이와 산책을 할 때는 그 시간이 주는 즐거움을 온전히 누리려고 한다. 내가 일상을 살아가면서 하는 일에 시간을 빼앗긴다고만 생각하면 즐겁게 할 수 있는 일이 정말 없어진다. 그러면 오히려 어떤 일을 하는 순간, 내가 해야 하는 또 다른 일에 신경이 쓰여 그 일의 퀄리티가 떨어지거나 속도가 더 안 난다. 순간에 집중하기. 그리고 틈새 시간을 잘 활용하기. 이것만 잘해도 일의 효율성과 생산성은 올라가면서 마음에 충분한 여유가 깃든다.

당신은 좋아하는 일을 위해
하루에 얼마의 시간을 쓰나요?

결과적으로 요즘의 나는 그토록 갈망했지만 불가능해 보였던 일과 삶의 밸런스를 되찾았다. 물론 지금도 때때로 그 밸런스가 무너지기도 한다. 하지만 엉킨 밸런스를 재조정하는 일이 이전보다 훨씬 수월하다. 이때의 워라밸은 내가 초등학교 미술 선생님으로 일할 때의 워라밸과 그 성격이 다르다. 당시에 내가 누린 워라밸이 세상이 정해준 시간표에 따른 워라밸이었다면(조직이 정한 퇴근 시간을 기준으로 한), 지금 내가 누리는 워라밸은 내가 스스로 만든 시간표에 따른 워라밸이다. 누군가는 내 이야기를 듣고 이렇게 물을지도 모르겠다. "그러면 직장인은 남이 정해준 워라밸만 가능한 건가요?" 천만의 말씀. 직장인도 퇴근 후 자기 시간을 어떻게 꾸리느냐에 따라 워라밸의 질이 달라진다.

내 친구 중 하나는 업무 강도가 엄청 센 직장에 다닌다. 퇴근하고 돌아오면 집에서 쓰러져 쉬기 바쁠 것만 같은데, 이야기를 들어보면 그렇지 않다. 일을 마치고 난 저녁이면 막걸리를 담그거나 바구니를 짜는 게 그 친구의 퇴근 후 일상이다. 주말엔 지방의 막걸리 제조 공방에 가서 전통주 담그기 비법을 배워온다. 전통주 소믈리에 자격증도 땄다. 알고 보니 이 친구는 나중에 퇴직 후 자기만의 막걸리 브랜드를 창업하거나 술집을 열어서 막걸리 소믈리에로 살고 싶다고 했다.

내 친구의 사례처럼 직장인들도 퇴근 후에 자기 시간을 어떻게 보내느냐에 따라 워라밸의 질이 달라진다. 워라밸은 '워크 라이프 밸런스(work life balance)'의 줄임말로 일과 삶의 균형을 뜻한다. 나는 이 말을 단순히 일과 쉼의 균형으로만 보고 싶지 않다. 그보다는 현생(지금 하는 일)과 이후에 다가올 더 긴 삶 사이의 균형을 도모해야 한다는 의미라고 해석한다. 미래에 다가올 나의 또 다른 시간을 위해 우리는 현생의 시간을 잘 활용해 후일을 차근차근 설계해가야 한다. 그러한 방법으로 가장 탁월한 것은 내가 좋아하는 일이나 취미를 위해 적어도 하루에 1시간 이상은 투자하는 것이 아닐까?

내가 유튜브 채널 운영을 일종의 취미로 여기고 시작해 지금에 다다른 것처럼 취미는 미래의 내 새로운 직업이 될 가능성이 있다. 물론 좋아하는 일을 취미로만 남겨둬도 상관없다. 그건 삶의 지향에 따른 각자의 선택일 뿐이다. 중요한 것은 취미에 몰두하는 시간이 우리로 하여금 새로운 꿈을 꾸게 한다는 것이다. 그러니 만일 취미라고 부를 만한 일이 없다면 내가 좋아하는 일이 무엇인지 들여다보고 적어도 한 가지 새로운 취미를 만들어보라고도 권하고 싶다. 그만큼 당신의 인생에 스스로도 생각지 못한 좋은 기회들이 가까워져 올 테니.

끊임없이
도전하는 사람

!

누군가가 내게 스스로를 어떤 사람으로 정의하느냐고 묻는다면 나는 '끊임없이 도전하는 사람'이라고 대답할 것 같다. 어떤 분야든 내게 부족한 부분이 있다고 생각하면 지체하지 않고 그 부분을 메우려고 노력하는 것. 그러한 기질이 지금의 나를 만들었다고 해도 과언이 아니다. 스님, 미술 연구원, 보험설계사, 미술 교사, 유튜브 크리에이터, 여행사 대표 등 다양한 직업을 두루 해낼 수 있었던 것도 우선은 모자라면 모자란 대로 나를 어떤 상황 속에 내던지고 그 상황을 능히 해낼 수 있는 경지로 자신을 끌어올리며 치열하게 공부해서 생존한 덕분이다.

서른일곱 살이 된 올해 나는 또 한 번 새로운 도전을 시작했다. 집에서 차로 10분 거리에 있는 연기 학원에 수강생으로 등록한 것이다. 유튜브 채널 운영자로서 자리를 잡아가자 방송국을 비롯해 외부에서 섭외 문의가 잇달았다. 그러다 보니 내가 예상했던 것보다도 많은 사람과 자본이 투입되는 커다란 프로젝트에 합류하게 될 일도 생겼다. 기왕 이렇게 좋은 기회들이 닿았을 때 나의 부족함으로 흘려보내기보다는 잘해내고 싶었다. 나는 일주일에 3회 수업이 있는 연기 학원의 특강반에 수강 신청을 했다. 한 달로 따지면 24시간이라는 시간을 들이고 결코 저렴하지 않은 수강료도 내는 등 나의 시간과 비용을 투입해야 했지만, 나로서는 의미 있는 선택이었다.

하지만 내 이야기를 들은 주변 사람들은 다들 깜짝 놀라곤 했다. 심지어 연기자 출신인 내 친구는 이렇게 말하며 감탄했다.

"지호야, 보통 방송 섭외가 들어오면 섭외을 받은 거에 만족하며 촬영을 하지, 너처럼 연기 학원까지 등록해서 더 잘하려고 하는 사람은 없어."

심지어 수강 등록 상담을 해주시던 연기 학원 원장님께서도 내 나이를 들으시고는 깜짝 놀라셨을 정도다. 나는 내가 일찍 결혼해서 아이를 낳고 키웠다면 내 자식뻘이었을 나이의 어린 연기자 지망생 학생들과 어깨를 나란히 하며 연기의 기초를 배워나갔다.

새로운 파이프라인을 계획하다

서른여덟 살이 돼서 임신을 준비하던 때, 나는 출산 후에 내 수입이 줄어들 것을 대비해서 파이프라인을 하나 더 설계하기로 했다. 무엇보다 20년 넘도록 막노동을 하고 계신 아빠에게 은퇴 후 삶을 만들어드리고 싶어서 모리와 함께 새로운 사업을 또다시 벌였다. 바로 홍삼 사업이다. 사실 아무런 맥락이 없는 홍삼 사업이라면 뜬금없기도 하고, 우리 역시 절대 선택하지 않았을 아이템이다. 하지만 사업에서 스토리는 언제나 중요한 법. 우리가 홍삼 사업을 새로운 파이프라인으로 삼은 이유가 있다.

우리 집안은 대대로 금산에서 인삼 농사를 짓던 집안이었다. 하지만 그렇다고 해서 인삼 농사로 엄청난 부를 일군 것도 아니고, 인삼 또는 홍삼의 특색을 살려 사업을 제대로 해온 것도 아니었다. 하지만 인삼 농사를 지으며 쌓아온 인사이트를 바탕으로 한 명분과 스토리가 있었기에 정직하게 홍삼 제품을 생산할 수 있는 공장을 만나 브랜딩을 잘한다면 성공할 가능성이 있어 보였다. 실제로 시장 조사를 해보니 홍삼이 가진 고루한 이미지가 있어서 그렇지, 오히려 일반적인 영양제 시장보다 매출 규모는 훨씬 더 큰 아이템이었다.

사업성을 확인하고 홍삼 제품의 이름을 '홍삼포션'이라

고 지어주고 난 뒤, 사업에 필요한 서류 작업과 허가 절차를 하나씩 밟아나가며 홍삼 사업 준비를 해나갔다. 홍보 모델은 제2의 인생을 살기 위해 도전하는 아빠와 아빠를 서포트 하기 위해 고군분투 하는 딸 지호호로 충분했다. 우리의 홍삼 사업은 나의 임신을 발표하는 '임밍아웃' 영상과 함께 론칭했는데, 그동안 우리 가족의 여정을 봐온 어동이네 채널 구독자 분들의 진심 어린 응원 덕분에 3일 만에 우리가 준비한 홍삼포션 물량은 동이 나버렸다. 안 팔리면 어쩌나 초조해하면서 준비했는데 순식간에 완판된 것이다. 이후 부랴부랴 정신없이 홍삼포션을 추가 발주하고 감사 인사를 커뮤니티에 올리자 또 많은 분들께서 추가 구매를 약속하며 기다려주셨다.

이와 같은 일련의 과정을 겪으면서 사업이 성공하려면 생산자는 자신의 삶에 확실한 포인트가 있어야 하며, 소비자들에게 필요했던 부분을 채워주어야 하고, 동시에 신뢰와 믿음이 기반이 된 팬층이 존재해야 함을 확실히 깨달았다. 인생의 두 번째 도전에서 첫 단추를 성공적으로 끼운 아빠는 용기와 자신감으로 마음이 가득 채워지셨다. 그럴 수 있도록 응원과 지지를 해주신 그 마음들이 너무 감사할 따름이다. 앞으로 그 마음들을 잊지 않고 초심을 잃지 않고 새롭게 벌인 홍삼 사업을 잘 가꾸어나갈 생각이다.

불안은 인생을 잘 살게 만들어주는 원동력

배움의 고통은 잠시뿐이지만 배우지 못한 고통은 평생이라고 했다. 무엇이라도 배워두면 그것을 내 인생에 어떻게든 접목시켜서 시너지를 낼 수 있는 순간이 찾아온다. 그러니 기회와 명분이 있을 때 배우기를 주저하지 말아야 한다. 게다가 나처럼 N잡러로서의 삶을 살아가기로 마음먹은 사람이라면 더더욱 그렇다. 하지만 이런 실용적인 면을 차치하고서라도 내가 끊임없이 새로운 분야를 공부하는 이유는 내가 완벽하지 않은 사람이라는 점을 무척 잘 알기 때문이다. 그런 의미에서 불안은 나를 발전시키고 인생을 더 나은 방향으로 이끄는 원동력이다.

물론 적당한 수준에서 편안한 삶을 살고 싶은 사람도 있을 것이다. 그러한 삶을 사는 것도 그러한 인생을 살기로 선택한 사람의 자유이므로 나쁘다고 할 수는 없다. 하지만 나는 적당히 편안하게 인생을 살려는 사람이 아니다. 나는 내 삶에 펼쳐질 수많은 가능성을 계속해서 테스트해보고 싶은 욕망이 있는 사람이다. 그렇다면 나의 욕망에 걸맞게 나의 능력치와 경험치를 조금씩 상향 조정해나갈 의무가 있다. 내가 어디까지 닿을 수 있을지 나는 무척 궁금하기 때문에 그 설렘과 호기심을 충족하기 위해 나는 오늘도 내 시간과 돈과 에너지를 기꺼이 쓰는 결정을 내린다.

예고 입시를 준비할 때의 일이다. 당시 내가 생각해도 꽤나 잘 그렸다고 생각한 수채화 작품이 하나 있었다. 나는 그 그림이 너무 마음에 들어서 방문에도 붙여두고 매일 그 그림을 보면서 스스로의 실력에 감탄하고 만족스러워했다. 문제는 그 이후로 내가 그린 그림들에서 성장의 흔적이 느껴지지 않았다는 점이다. 그러던 어느 날 방문에 붙여둔 그 그림 한 장에 내가 갇혀 있었다는 생각이 들었다. 이윽고 그렇게나 좋아했던 그 그림을 거침없이 반으로 접고 또 접어버렸다. 어느 한 지점에 만족하고 머무르면 더 이상의 성장이 없다는 깨달음을 얻고 나자 내가 온 힘을 다해 완성해낸 멋진 작품이 그저 하나의 과정으로밖에 여겨지지 않았다.

그 마음가짐으로 실기를 꾸준히 했고 그 결과 마지막 수채화과 시험에서 전교 1등을 해냈다. 그게 내 인생을 통틀어 유일한 전교 1등 기록이다. 그렇게 반년이 지나 내가 반으로 접고 또 접어 구겨진 그 그림을 다시 펼쳐 보니 꽤나 부족한 구석이 많은 그림으로 보였다. 이전엔 보이지 않았던 부족한 디테일들이 눈에 보이는 수준으로 한 단계 더 발전한 것이다.

이때의 경험 이후로 나는 과제든 일이든 만족스러운 결과물을 얻게 되더라도 마냥 기뻐하기보다는 마음 한 편에 경계심을 늦추지 않는 습관이 생겼다. 물론 만족스러운 순간을 즐기기도 하고 남들에게 한껏 자랑을 하기도 한다. 하지만 거기서 그치지 않는 게 포인트다. 일련의 자축과 칭찬의 세리머니를 마친 후에는 내가 도출해낸 결과를 냉정한 시선으로 다시 한번 평가하는 시간을 빠뜨리지 않는다. 그런 과정을 거치다 보면 자연스럽게 새롭게 배우고 도전해야 할 부분이 눈에 들어온다. 내가 끊임없이 배움을 멈출 수 없는 이유다. 박서보 학장님께서 일전에 "네놈은 배우겠다는 눈빛이 다른 놈들보다 아주 반짝여서 일을 준 거다"라고 말씀하신 것도 이런 배움에 대한 태도가 겉으로도 드러났기 때문은 아니었을까?

나의 부족함을 당당히 마주할 수 있는 용기

다시 연기 학원 이야기로 돌아오자. 나는 연기 학원을 다니기 시작하면서 삼십 평생을 살면서 전혀 몰랐던 내 발성의 단점을 알게 됐다. 연기 학원 선생님의 말씀에 따르면 나는 이야기를 할 때 목으로 소리를 내는 사람이었다. 오랜 시간 동안 무리 없이 안정적으로 말하려면 목이 아닌 배에서 소리를 내야 한다. 그제야 나는 내가 유튜브 촬영이나 인터뷰를 할 때 왜 목이 금방 쉬어버리고 피로해지는지 깨달았다. 나는 말투도 빠른 편이었다. 하고 싶은 말이 많아 그걸 다 쏟아내려고 하다 보니 조급한 마음에 말하는 속도가 빨랐던 것이다. 하지만 말 속도가 빠르면 내용의 깊이와는 관계없이 아무래도 덜 전문적으로 보이고 때로는 경박해 보일 우려도 있었다. 한편, 쑥스럽거나 겸연쩍을 때는 입 모양이 작아지면서 말을 오물거리는 습관이 있었다. 돈을 지출하니 얻어지는 게 확실히 생긴 것이다.

이렇게 알게 된 나의 말 습관들은 방송국 프로그램을 위해서만이 아니라 고치고 나면 앞으로 대외적으로도 커다란 도움이 될 만한 내용들이었다. 더불어서 많은 사람들과 보다 더 반듯하고 또렷하게 의사소통할 수 있는 삶의 기술이기도 했다. 연기 학원을 다니게 된 이후로 나는 주변 사람들에게 자신의 커뮤니케이션 능력이나 표현력을 객관적으로 파악해서 고치고 싶다면 스피치 학원이나 연기 학원을 다녀볼 것을 적극적으로 권한다.

이 원고를 써나가는 과정도 내게는 큰 배움이었다. 나는 글쓰기를 전문적으로 배워본 경험이 없다. 그리고 모리가 인터넷 플랫폼에 자신의 글을 꾸준히 써온 것처럼 내 생각을 글로 차분히 풀어내본 경험이 없다. 글쓰기에 관해서는 철저히 문외한이나 마찬가지다. 그럼에도 불구하고 '어동이네 라이프' 유튜브 채널을 보고 우리의 콘텐츠가 한 권의 책이 될 수 있다고 제안해준 편집자님 덕분에 나는 용기를 내어 나의 지난 과거와 현재, 그리고 앞으로의 미래를 글로 써보는 일에 도전하게 됐다. 당장은 부족한 점이 많겠지만 분명 좋은 경험이 되리라고 믿으면서. 그렇게 도전하다 보면 분명 배우고 발전하는 지점이 있으리라고 믿으면서. 실제로 나의 지난 삶을 되돌아보며 그것을 문장으로 하나하나 써나가는 과정은 내 밑바닥을 들추고 바라보는 쉽지 않은 과정이었다. 자신의 바닥을 본다는 건 굉장한 용기가 필요한 일이다. 하지만 나는 내 바닥을 직시하는 게 무섭지 않다. 내가 잘하는 부분만큼 내가 부족한 부분을 아는 것이 결국에는 나를 더 나은 사람으로 만들어주기 때문이다.

이제 곧 있으면 내 나이도 마흔에 가까워진다. 마흔을 흔히 '불혹'의 나이라고 한다. 어떠한 것에도 미혹되지 않고 흔들리지 않는 나이라는 의미다. 이 말은 마치 마흔이 되면 어떠한 외부의 시련이나 유혹에도 굳건해져야 한다는 말처럼 들린다. 나는 흔들리지 않고 성장을 멈춘 사람이기보다는 비바람에 흔들리는 가운데에서도 여전히 성장하는 나무처럼 살고 싶다. 그래서 앞으로도 내 한계는 없다고 생각하며 성장해나갈 참이다.

살아 있음을 느끼게 하는
일을 만나자

지난 20여 년 동안 수많은 일을 거치며 프로 N잡러의 삶을 살았다. 그사이 심신이 고단하고 영혼이 갉아 먹히는 느낌을 받았던 적이 없었다면 거짓말일 것이다. 그럼에도 불구하고 지금의 내가 있을 수 있는 건 어려운 고비마다 늘 내가 한 선택이 나를 더 좋은 방향으로 나아가게 했기 때문이다. 그리고 그때마다 선택의 기준은 하나였다. '내게 살아 있음을 느끼게 하는 일인가?'

여러 일을 해오면서 내가 살아 있음을 강렬하게 느꼈던 순간을 딱 하나만 꼽으라면 과연 언제일까? 나는 주저하지 않고 오다 투어 론칭을 마치고 첫 번째 상담 요청을 받았을 때를 꼽는다. 어설프게나마 홈페이지를 오픈하고 여행 상품 기획과 홍보를 마친 뒤 우리는 카카오톡 상담창에 몽골 여행 상담 요청이 뜨기만을 기다렸다. 그날도 돈이 없던 나, 모리, 작경이는 한 프랜차이즈 맥줏집에 들어가 맥주 500cc 한잔과 나초칩 하나만 덩그러니 시켜놓고 테이블에 둘러앉아 근심 어린 표정으로 카카오톡 상담창만 말없이 바라보고 있었다.

우리 셋은 모리가 600만 원, 내가 200만 원, 작경이가 200만 원을 투자해 총 1천만 원을 가지고 오다 투어를 창업했다. 그 돈으로 홈페이지 도메인도 사고, 사업자등록도 하고, 그 밖의 초기 비용들을 지출했다. 그러고 나니 잔고가 바닥이었다. 오픈 날짜를 정해놓고 우리 수준에서 할 수 있는 프리 마케팅은 모두 다 한 상태였다. 이제 주문을 기다리는 수밖에 없었다. 배는 이미 출발한 것이다.

우리가 띄워 보낸 신호에 세상이 반응하던 순간

여행 상품은 그 특성상 일반적인 상품처럼 지인들이 사주는 방식으로 초기 매출을 올릴 수가 없다. 게다가 우리는 사람들이 일반적인 해외여행지로 잘 떠올리지 않는 몽골 여행 상품을 기획했다. 물론 그 특수성을 비즈니스 포인트로 잡고 시작한 창업이었지만, 절대 수요가 적다는 리스크가 분명

했다. 확실히 생각보다 시장 반응이 빨리 오지 않았다. 우리는 타들어가는 마음으로 카카오톡 상담창만 수 시간째 바라보고 있었다.

몇 시간이 지나고 나서였을까. 드디어 카카오톡 상담창에 몽골 여행 상품에 대한 첫 번째 문의가 떴다. 우리 셋은 누가 먼저라고 할 것도 없이 사람들이 바글바글한 맥줏집 한쪽에서 갑자기 귀신이라도 본 사람들마냥 동시에 "꺅!" 소리를 지르며 팝콘 알갱이처럼 자리에서 튀어 올랐다. 맥줏집에 있던 사람들의 시선이 순간 우리에게로 모두 쏠렸다. 그 순간에 느낀 전율이 나는 지금도 잊히지 않는다.

우리가 기획한, 세상에 없던 상품을 보고, 얼굴도 모르는 누군가가 반응해온 것이다. 우리가 그동안 헛짓을 한 게 아니라는 안도, 세상에 우리만의 방식으로 개입해 이 세상의 한 귀퉁이를 돌아가게 만들었다는 감각, 고민으로 머리를 감싸 쥐던 지난날들을 보상받는 느낌이 밀려들었다. 우리는 흥분에 휩싸여서 서로에게 누구든 어서 답변을 해보라며 기쁨의 고함을 질러댔다.

'안녕하세요. 오다 투어입니다. :)'

우리의 첫 번째 고객에게 혹시라도 오타를 보낼까 봐 이 짧은 한 줄의 문장을 공들여 타자를 쳤던 손끝의 감각이 지금도 선명하다. 그렇게 우리가 론칭한 사업이 굴러가기 시작했다. 초기 투자금 1천만 원을 회수하는 데는 세 달밖에 걸리지 않았다. 한편, 몽골로 떠나고자 하는 고객들도 꾸준히 늘어갔다. 나는 오다 투어가 여행지로 선호되지 않던 몽골을 한 번쯤 떠나보고 싶은 지역으로 만들어 수요를 늘리는 데 일조했다고 자부한다. 창업 1년 만에 우리는 금방 자리를 잡아 법인을 세우기에 이른다.

고통의 시절을 버티면 좋은 시간은 분명 찾아온다

하지만 시련은 예상치 못한 곳에서 찾아왔다. 2020년 새해 직후, 코로나 팬데믹이 시작된 것이다. 각국은 자국으로 들어오는 문을 걸어 잠그기 시작했다. 국내에서도 자유로운 이동이 제한된 판국에 해외여행은 불가능했다. 이제 막 확장하는 입구에 들어선 우리로서는 청천벽력 같은 소식이 아닐 수 없었다. 몇 주면 잠잠해지겠지 했던 것이 몇 달이 되고 몇 년이 됐다. 중간에 소강기가 있었지만 그것도 잠시, 더 강력해진 코로나바이러스로 봉쇄 조치가 다시 이어졌다. 전 세계를 강타한 팬데믹으로 모든 산업계가 힘들었겠지만 여행사는 그중에서도 가장 타격이 큰 업종이었다.

하루아침에 실직자가 되어버린 우리는 마냥 손을 놓고

만 있을 수 없었다. 모리는 외벌이를 하며 우리 가정의 생계를 책임졌고, 작경이는 전기스쿠터를 마련해 배달 아르바이트를 시작했다. 내가 그동안 취미로 하던 유튜브 채널 운영을 적극적으로 하게 된 것도 이 무렵이다. 그렇게 우리에게 닥친 고비를 헤쳐나가기 위해 공동 창업자 세 사람은 각자의 자리에서 자기만의 생존 방법을 찾아 새로운 일상에 적응해나갔다.

코로나 팬데믹은 3년 반의 시간이 흐르고 나서야 진정 국면에 접어들었다. 코로나 엔데믹으로의 전환은 우리에게 다시 일어설 수 있는 기회였다. 그동안 억눌렸던 여행에 대한 수요가 폭발한 것이다. 낙담하지 않고, 오다 투어를 놓지 않고 버틴 끝에 나는 3년 만에 다시 몽골로 향하는 비행기에 몸을 실을 수 있었다. 몽골 현지에서 오다 투어를 통해 건너간 여행팀을 인솔해주던 현지 대표 아난드와 시네투야와 만났을 때는 서로가 얼마나 감격했던지 부둥켜안고 눈물을 흘렸다. 오랜만에 다시 만난 몽골 밤하늘의 은하수를 바라보며 나는 모든 삶은 어둠 속에서도 저 하늘의 별처럼 저마다의 빛으로 반짝이는 것임을 새삼 실감했다. 나를 살아 숨 쉬게 하는 일을 손에서 내려놓지 않고 어려운 순간이 닥쳐도 버티다 보면 좋은 때는 다시 도래한다는 사실도 여실히 느꼈다.

결국 중요한 건 내 마음을 움직이는 일과 만나는 것

경제적으로나 삶의 방향성으로 보나 모든 것이 안정적인 궤도에 올라선 지금, 우리는 또 다른 꿈을 꾼다. 평생직장이란 없으며 평생직업도 없는 법. 앞서도 말했듯이 모리와 나는 새로운 사업을 론칭했다. 물론 돈을 더 벌기 위해 하는 일은 아니다. 요즘 유행하는 자기계발서나 경제경영서를 보면 수익의 파이프라인을 다각화하는 법에 대해 알려주는 내용들이 참 많다. 하지만 우리가 새로운 사업을 시작하려는 이유는 수익 때문이 아니다. 우리는 우리가 좋아하는 일을 하며 우리의 삶이 성장하고 확장해가는 과정이 늘 즐겁다. 그게 우리가 늘 새로운 일을 벌이는 원동력이다.

모리는 전국 곳곳에 지점이 있는 고아원을 설립하고 싶다고 이야기하곤 한다. 도움의 손길이 필요한 아이들에게 해줄 수 있는 최선의 복지를 제공해 '명문 고아원'으로 만들어 세상에 기여하며 선순환을 일으키고 싶다고 한다. 내 꿈은 그 옆에 반려동물들의 생을 책임져주는 반려동물 실버타운을 만드는 것이다. 일본에는 이미 이런 시설이 있다고 한다. 내가 이 세상에서 살날이 얼마 남지 않았을 때, 함께 사는 반려동물이 혼자 남게 될까 봐 두려운 노인들의 마음을 보듬어줄 수 있는 공간. 주인이 세상을 떠나고 남겨진 반려동물들이 안전하게 자기 삶을 살아갈 수 있는 공간.

　　모리와 내 꿈 모두 아직은 달성하기에 요원한 꿈이다. 하지만 이 일들을 하며 살아 있음과 생의 보람을 느낄 날들을 상상하다 보면 역설적으로 지금의 내 삶을 더 잘 살아내고 싶어진다. 이렇게 미래의 나와 현재의 내가 끊임없이 대화를 주고받다 보면 오늘 하루 매 순간 내가 살아 있음을 온전히 느끼게 된다. 그것이 우리가 우리만의 방식으로 우리의 삶을 아름답게 채워나가는 방법이다. 우리는 무엇이든 될 수 있고 어디로든 갈 수 있는 존재들이니까.

선택을 한다는 건 무엇을 잃을지 안다는 것

by 모리

설날이다. 가족들이 모이는 즐거운 날이지만, 누군가에게는
이날이 부담이다. 매년 등장하는 수많은 부담스러운 질문들
은 온 가족이 모이는 이 즐거운 날을 괴롭게 만든다. "취직
은 했니, 결혼은 했니, 애는 언제 낳니." 헌데 문득 이런 생
각이 든다. 우리는 왜 이런 질문들에 당당하게 대답하지 못
할까?

사람들은 살면서 모든 것을 가지려고 한다. 어릴 때부터 품
었던 자기 자신의 꿈을 열정적으로 이루고 싶고, 누구보다
도 뜨거운 사랑을 나누고 싶고, 때가 되면 떡하니 좋은 직

장에 취직하고 싶기도 하며, 그 모든 것을 가져서 남들에게 '있어 보이고' 싶어 한다. 칼퇴근을 하면서 돈도 많이 주고 상사마저 천사인 그런 완벽한 직장을 원하며, 엄청난 외모를 가지고 있으면서 마음은 천사 같고 집안은 훌륭한, 텔레비전에나 나오는 그런 배우자를 열망한다. 하지만 우리는 정말 이 모든 것을 가질 수 있을까?

우리가 쓸 수 있는 자원은 제한적이다. 시간은 24시간이며, 세상에 내 마음대로 할 수 있는 일은 생각보다 그리 많지 않다. 그렇기에 하나를 얻으려면 다른 어떤 하나를 잃어야 한다. 인생이라는 게임은 그 게임의 참여자인 우리로 하여금 모든 것을 가질 수 있도록 설계되어 있지 않다. 그렇기 때문에 무엇 하나를 내려놓아야만 원하는 무언가를 얻을 수 있다. 이 진리를 깨닫는 순간, 무엇을 얻을지가 아닌, 무엇을 내려놓을 수 있는지를 파악할 줄 아는 지혜가 생긴다. 얻고 싶다는 욕망보다 내려놓을 수 있는 용기가 중요해지는 시점이다.

모든 걸 다 가질 순 없음에도 불구하고 그나마 인생이 살 만한 것은 커다란 부분을 한 가지 타협하고 나면 이외의 다른 것을 내가 원하는 정도로 영위할 수 있기 때문이다. 이쯤에서 질문 하나. 왜 꼭 우리는 반드시 사회적인 야망을 추구해야 할까? 왜 꼭 결혼을 해야 하며, 왜 모두가 아이를 낳아야 할까? 세상이 우리에게 강요하는 수많은 가치들 중 진짜 내게 필요한 것은, 그리고 내가 필요로 하는 것은 무엇일까? 이런 질문들을 통해 내게 진짜 필요한 것을 찾게 되면, 상대적으로 내 삶에서 의미가 적은 것이 무엇인지도 자연스레 깨닫게 된다.

누군가는 가족과의 관계를 내려놓고 사회적인 야망을 이룬다. 또 다른 누군가는 돈과 여유를 맞바꾼다. 어떤 자는 사랑을 추구하고 명예를 포기한다. 이 모든 인생에서 맞고 틀리는 것은 없다. 그저 한 개인의 선택이 있을 뿐이다. 그리고 단언컨대 삶에서는 무언가를 얻기 위해 내딛는 한 걸음보다 내려놓고 포기하는 한 걸음이 백배 천배 더 괴롭고 힘들다. 그럼에도 사람들은 항상 선택에 앞서 자기 행동이 불러올 달콤한 결과만 상상한다. 얻을 것만 생각하는 것이다. 하지만 어떤 가치를 진정으로 원한다면, 그에 따르는 기회비용들을 감수하며 한 걸음을 굳게 내딛을 용기가 있는지를 진솔하게 자신에게 물어보자.

이 하나를 놓을 수 있는 용기, 이게 어쩌면 행복으로 가는 길이 아닐까? 무언가를 내려놓는다는 것은 남이 만든 길이 아닌 자기의 길을 간다는 얘기다. 그 길은 내가 선택한 길이기에 당당할 수 있다. 명절마다 등장하는 무시무시한 질문들에 어깨를 펴고 당당하게 대답할 수 있다는 얘기다. 물론 그분들은 원하지 않는 대답이겠지만. 세상과, 타인과 타협하지 않기 위한 타협이 필요하다.

하나를 타협한다는 것은 역설적으로 다른 부분에서는 타협을 절대로 하지 않겠다는 얘기도 된다. 내가 궁극적으로 말하고 싶은 것은 이거다. 가지려면 내려놓아라. 행복해지려면 포기해라. 그리고 자신의 인생을 선택해라. 잊지 말자. 우리는 원하든 원하지 않든 사는 동안 적어도 하나 이상의 가치와 타협하게 되어 있다. 모든 것을 가지려 하는 자는 자연스레 마지막 남은 하나를 타협하게 된다. 그 마지막 하나는 '당신의 꿈'이다.

인생을 여행처럼 살 수 있는 방법, 주체적 인생 기획자 되기

여기 두 가지 선택지가 있다.

1. 안정된 월급을 받으며 매일 밤 편안히 발 뻗고 잠을 잘 수 있는 삶. 주말이면 워라밸을 꼬박꼬박 챙겨서 청춘을 즐길 수 있는 삶.

2. 1번의 반대에 위치한 삶으로, 매일매일 쉽게 잠들지 못하고 때로는 야근도 해야 하지만 궁극적으로는 자신의 일을 꾸려가는 삶.

여기에서 2번을 기꺼이 선택한 사람들은 자신이 계획한

것들이 당장 손에 잡히지 않더라도, 자신이 계획한 것들로 인해 일상이 조금 피곤해지더라도 충분히 감수하는 사람들이다. 그 일이 지금 자신이 원해서 하는 일이라는 걸 알기 때문이다. 내가 진짜 좋아서 하는 일로 힘든 것임을 아는 사람들은 우리가 흔히 생각하는 워라밸 정도는 쉽게 내려놓을 수 있다. 이들에게 일하는 것은 곧 노는 것이기 때문이다.

많은 사람들이 도전과 변화가 두려워서, 또는 자신이 현재 누리고 있는 삶의 안정감이 좋아서 그냥 평범하게 살아간다. 물론 어떤 삶을 선택하든 그것은 당신의 마음이다. 하지만 이루고 싶은 게 있다면 부디 현실에 안주하지 말고 도전해보길 바란다. 아무리 하찮은 일이라도 매일매일 그 일에 시간을 꾸준하게 쓴다면 그 분야에서 분명 특별한 사람이 된다. 적어도 대중들 사이에서 인지도라는 게 생긴다. 자기 삶을 주체적으로 사는 사람들은 그럴 수 있는 기회를 놓치지 않는다.

가장 대표적인 예가 블로거가 되는 일이다. 나는 동생에게 꾸준히 글을 써서 영향력 있는 블로거가 되어보라고 제안해봤다. 하지만 현생에 치이다 보니 매일 하루에 1편씩 글을 써보겠다던 결심은 오래 가지 않았다. 물론 이해는 한다. 하루 종일 일하고 돌아와서 책상 앞에 앉아 글감과 주제를 고민하고 글을 쏟아내야 한다니. 평범한 정신력으로는 꽤나 어려운 일임에 틀림없다.

그렇다 보니 이러한 길을 가는 사람들에게 일상이 매번 꽃밭일 수가 없다. '내가 무슨 부귀광명을 얻으려고 이러고 있나' 자괴감에 빠지는 날도 허다하다. 하지만 그렇게 어떤 성과를 내지 못하고 있을 때일수록 '내가 잘 가고 있구나' 하는 만족감과 안도감, 매일 조금씩 나아가고 있다는 성취감을 발견할 수 있는 긍정적인 힘이 필요하다. 좌절, 실망, 그럼에도 불구하고 인정해주는 마음. 이런 루틴을 반복하면서 더욱더 굳건한 방향성이 생기는 것이다. 그렇게 한번 이쪽 길로 들어서고 나면 일반적인 삶으로는 돌아가기 어려워진다. 그러한 삶이 주는 자유로움과 쾌감이 대단하기 때문에 다시는 '9 to 6'의 삶으로 돌아가고 싶어지지 않는 것이다.

* * *

우리의 삶은 모두 다 특별하다. 그렇지만 대부분의 사람들은 자신이 어떤 특별함을 지녔는지 발견하지 못한 채 인생을 살아간다. 만일 당신이 주체적 인생 기획자로서 살아가고자 하는 꿈을 꾸고 있다면, 첫 번째로 해야 할 일은 자신의 특별함이 무엇인지를 찾는 것이다.

모리와 나는 늘 어디에도 얽매이지 않고 떠나서도 우리의 일이 가능하도록 기반 공사를 하는 것에 몰두해왔다. 그리고 그것을 온전히 실행하기까지 3년여의 시간을 투자해왔다. 우리의 유튜브 채널은 수익 채널로 전환한 이후에도 매달 수익이 20만 원을 넘기지 못하는 작은 채널이었다. 처음에는 대부분의 영상들이 조회수가 미미했기에 당장 채널 운영을 그만둬도 이상하지 않은 수준이었다. 오다 투어는 또 어땠나. 처음에는 몽골 여행 상품을 중심으로 시작했기에 몽골로 수차례 출장을 가야만 했다. 그래서 우리가 있는 곳이 봉천동인지 몽골인지 헷갈릴 정도로 몽골을 자주 오가며 생활했다. 유튜브 채널 운영도, 오다 투어 운영도 처음에는 고통과 좌절 일색이었다.

하지만 이 세상에 고통 없이 태어나는 것은 없다. 그 고통을 의연하게 받아들이고 끝까지 포기하지 않는다면 주체적 인생 기획자로 살아가는 길에 한층 더 가까워질 수 있을 것이라고 생각한다. 흔히 말하는 'N잡러'의 삶에 가뿐히 편승하는 데에 어느 정도 시간이 좀 걸리는 것이다. 낮에는 직장을 다니고, 밤에는 퇴근해서 글을 쓰거나 영상 편집을 하는 사람들은 모두 다 자신이 운영하는 채널을 키워서 직장을 떠나도 괜찮을 때가 오기만을 기다린다. 그리고 취미가 월급 이상으로 돈을 벌어들이는 순간, 직업이 바뀐다. 그 순간을 만나고 싶다면, 그래서 언제 어디로든 자유롭게 떠나고 싶다면, 매일 회사로 출퇴근하는 삶을 벗어나고 싶다면, 지금부터 미리 차근차근 준비해나가는 것이 좋다.

주체적 인생 기획자로 살아가려면 꼭 필요한 것이 하나 또 있다. 뚜렷한 자신의 주관을 가져야 한다. 자신만만하고 심적으로 풍요로우면 내 인생의 품질을 타인에게 증명할 필요를 느끼지 못한다. 진짜 부자들이 굳이 돈 자랑을 할 필요를 못 느끼듯이 남들이 나를 어떻게 생각하는지에 대해 전혀 신경 쓰지 않는 것이다. 오늘날 우리 사회는 우리로 하여금 끊임없이 사회가 정의한 성공을 향해 달리게 만든다. 가령, 몸매가 더 좋아 보이거나 잘나고 예뻐 보여야 한다. 집이나 차 등 가진 게 더 많아야 한다. 뛰어난 능력이 있는 것처럼 보여야 한다.

하지만 그 이면을 생각해보자. 이를 부추기기 위해 우리가 갖지 못한 것을 부각시키고 있지는 않은가? 요즘 우리 사회는 결핍을 느끼지 않는 사람조차 무언가를 갈망하게 만드는 사회다. 사회가 이럴수록 자기만의 주관을 또렷하게 가지고 살아야만 내 행복을 지킬 수 있다. 쉽게 말해 내게 부족한 것이 무엇인지 볼 게 아니라 나만이 가진 것이 무엇인지 깊게 생각해보는 것이 좋다.

다이어트를 하고 싶은 건 내가 뚱뚱해 보이기 때문이다. 통장에 잔고를 더 쌓아야 할 것 같은 불안감이 드는 것은 돈이 부족하다고 생각하기 때문이다. 다들 열심히 달리는 것 같은데 나만 이 자리에 머물러 있는 것 같다고 여겨질 때마다 내가 가진 좋은 것들을 떠올려보자. 나라는 존재 바깥에 세워진 기준에 따라 행복과 만족을 찾으려고 하는 것은 신기루를 쫓는 행위에 불과하다. 나만의 주관을 바탕으로 내가 살고 싶은 삶의 방향과 내가 하는 일을 일치시키면 주체적 인생 기획자로서의 삶에 한층 더 가깝게 다가갈 수 있게 된다.

한편, 인생은 속도 경쟁이 아니라는 것도 기억하자. 목표를 확실하게 겨냥하고 나의 속도대로 나아가되 포기하지만 않으면 된다. 남과 비교해서 내가 뒤처진다고 속상해하는 것은 셀프로 자기 스스로에게 스트레스를 퍼다 붓는 셈이나 마찬가지다. 내가 걸어나가는 속도가 지금은 조금 느리다고 해도 절대 속상해할 필요도, 신경 쓸 필요도 없다. 인생에서 중요한 것은 목표를 빠르게 달성하는 것이 아니라 올바른 방향을 향해 나아가는 것이다. 방향만 뚜렷하다면 남들이 기어가든 날아가든 관심이 없어진다. 그렇기 때문에 인생의 목표를 똑바로 정할 필요가 있다. 자신만의 길을 명확하게 인지하면 행복해진다. 반면에 목표가 불확실한 사람은 목표가 뚜렷한 사람을 위해 일하게 된다. 단 한 번뿐인 내 인생, 그렇게 살 순 없지 않은가?

또한, 선택을 해야 하는 순간과 마주했다면 미래를 걱정하며 선택을 주저하지 말자. 선택의 순간에 그 선택으로 인해 가시밭길이 될 미래를 걱정하는 일은 아무런 도움이 되지 않는다. 선택을 하고 나면 결과는 두 가지뿐이다. 전쟁에 뛰어들어 전리품을 거머쥐는 용사가 되거나 전쟁에서 지는 것. 어떤 결과를 얻게 될지는 내가 어떤 태도로 이후의 과정에 임하는지에 달렸다. 이때 나는 미래의 나와 협력을 조금 하는 편이다. 우선은 스스로 힘닿는 데까지 열심히 해보고 그러고도 해결이 안 되는 일이 생긴다면 돈으로 해결하는 것도 방법이다. 가령, 인테리어 공사를 한다고 치자. 그런데 일이 잘 진행되지 않아서 자재를 다시 사야 하거나 전문 인력을 새로 고용해서 프로젝트를 처음부터 시작해야 할 수도 있다. 이때 돈을 사용하면 수습이 불가능한 일은 거의 없다. 돈으로 해결되는 문제가 가장 간단한 해결 방법이라는 점을 나는 사업을 하면서 모리에게 배웠다.

그런데 돈을 사용해서 문제를 해결할 땐 미래의 나와 협상을 해야 한다. '미래의 나야, 내가 지금 카드 할부를 조금 과감하게 써야 하는데, 놀라지 말고 내가 세운 계획 좀 들어봐. 과거의 내가 미래의 나에게 피, 땀, 눈물을 좀 할당할 테니 그런 줄 알렴.' 이런 마음가짐이라면 꽤나 큰 금액을 들여야 할 때도 망설임 없이 으쌰으쌰 실행이 가능하다. 다만, 전제 조건이 있다. 무조건 돈을 지르고 보는 게 아니라 머릿속으로 해당 프로젝트에 관한 모든 기획이 끝마쳐진 상태여야 한다. 그래야 마지막까지 책임을 제대로 질 수 있기 때문이다. 요컨대, 우선은 과감하게 선택하고, 선택한 이후에는 성심을 다해 모든 방법을 동원하여 달려나가자는 것이다.

그리고 마지막 한 가지. 절대 '망했다', '안 된다'라는 말은 하지 말자. 이 마의 주문만 외치지 않는다면 당신이 세운 모든 인생 계획은 실행이 가능하다. 똑같이 어려운 상황을 맞이했다고 해도 그것이 전화위복이 될지, 영영 좌절로 남을지는 온전히 자신의 마음에 달려 있다. 나쁜 상황도 어떻게 받아들이는지에 따라 다른 결과로 이어진다. 이 책에서도 계속 이야기했지만 나는 좌절이나 고통의 상황 속에서도 꺾이지 않았던 지난 경험들을 바탕으로 내게 다가오는 고통을 늘 긍정적인 마음의 자세로 넘어서려 한다. 나를 둘러싼 어려움에 내 마음이 잡아먹히지 않는 것. 어쩌면 그것이 가장 중요한 삶의 태도일지도 모르겠다.

● 감사의 말 ●

이 책을 내기까지 저의 짝꿍이자 제 인생의 비즈니스 파트너, 모리의 무한한 지지와 서포트가 존재했습니다. 저희는 서로를 인생의 두 번째 보호자이자 부모라고 여깁니다. 서로를 키워가야 할 존재로 자신의 인생에 받아들였고, 그렇게 잘 어우러져 살고 있는 것 같습니다. 갈피를 못 잡고 있던 저를 반짝이는 원석으로 갈고닦아 키워준 모리에게 책을 빌려 존경과 사랑의 마음을 전합니다. 수많은 일에 떠밀리며 들판에서, 비행기 안에서, 해외출장 중에도 틈틈이 글을 써내려가야 했습니다. 가뜩이나 과로의 일상을 사는 저였는데 지난 1년여의 시간들은 편히 잠들지 못하고 앞머리를 쥐어뜯게 만드는 시간들이 대부분이었습니다. 하지만 그때마다 흔들리지 않고 든든한 벽이 되어준 모리 덕분에 이 책이 태어날 수 있었습니다.

제 인생의 수많은 프로젝트들처럼 이 책을 위한 여정 또한 여한 없이 달려본 것 같습니다. 초등학교 이후로는 일기 한 번 제대로 쓴 적 없던 제가 긴 호흡으로 책을 마무리하는 내내 필요했던 것은 뻔뻔한 용기였습니다. 부족함은 모든 사람이 지닌 특징이고 세상에 완벽한 사람은 없으니 부족한 내 모습에 눈 질끈 감아보기로 합리화하며 출간 프로젝트에도 몸을 내던져보았던 것이지요. 세상을 향해 부족한 나의 생각을 내밀어 말해보기로 결정했던 순간 덕분에 마침표를 찍을 수 있게 된 이 시점에 더욱 쾌감이 밀려옵니다. 그리고 내 인생의 가치관을 한 번쯤 책으로 정리하고 나니 조금은 더 정돈된 어른이 될 수 있을 것 같습니다.

들쭉날쭉한 문맥과 부끄러운 완성도를 지녔던 글을 잘 다듬어주신 담당 편집자님과 유튜버였던 저를 작가의 세계로 초대해주신 이정주 님, 그리고 웨일북 식구들의 열렬한 지지에 감사드립니다. 앞으로 태어날 숨숨이에게 엄마가 또 하나의 도전에 용기를 냈고, 결국 해냈다는 사실을 자랑할 수 있게 되어서 자랑스럽습니다. 그동안 어동이네를 지켜봐주신 갓독자님들과 지인들에게도 감사를 전하고 싶습니다.

우리가 사는 모습을 솔직하고 가감 없이 내비쳤을 때, 그 모습을 다들 자신의 인생에 비추어 공감해주시고 애정의 시선으로 바라봐주셨기에 이런 모든 기적들이 가능했다고 생각합니다. 지금까지 저희가 이룬 성과들이 여러분들 덕분에 존재했음을 여실히 느낍니다. 단 한 번 주어진 인생을 우리가 원하는 대로 힘껏 살아보기 위해 애쓰는 마음, 또한 그렇게 되기 위해 노력한 시간들을 앞으로도 여러분과 진하게 나누며 살아가겠다는 결심을 다시 한번 해봅니다. 앞으로의 여정도 함께 해주시길 바라요. 감사합니다. 지금까지 어동이네 지호호였습니다. :)

우리는 정해진 대로
살지 않기로 했다

초판 1쇄 발행 2024년 10월 21일

지은이   지호호
펴낸이   권미경
편집   김효단
마케팅   심지훈, 강소연, 김재이
디자인   studio O-H-!

펴낸곳   ㈜웨일북
출판등록 2015년 10월 12일 제2015-000316호
주소   서울시 마포구 토정로 47 서일빌딩 701호
전화   02-322-7187   **팩스** 02-337-8187
메일   sea@whalebook.co.kr   **인스타그램** instagram.com/whalebooks

소중한 원고를 보내주세요.
좋은 저자에게서 좋은 책이 나온다는 믿음으로, 항상 진심을 다해 구하겠습니다.